www.ingramcontent.com/pod-product-compliance
Lightning Source LLC
LaVergne TN
LVHW010836051026
849532LV00007B/2722
* 9 7 8 9 3 6 9 0 8 6 8 1 8 *

نکاحِ ثانی

(افسانے)

سجاد حیدر یلدرم

Nikah-e-Saani *(Short Stories)*
by: Sajjad Haider Yaldram
Edition: November '2025
Publisher :
Taemeer Publications LLC (Michigan, USA / Hyderabad, India)

ISBN 978-93-6908-681-8

کتاب	:	**نکاحِ ثانی** (افسانے)
مصنف	:	**سجاد حیدر یلدرم**
صنف	:	فکشن
ناشر	:	تعمیر پبلی کیشنز (حیدرآباد، انڈیا)
سالِ اشاعت	:	۲۰۲۵ء
صفحات	:	۹۸
سرورق ڈیزائن	:	تعمیر ویب ڈیزائن

فہرست

ا

نشے کی پہلی ترنگ

جوان! بیس سال کا جوان ہے۔ وہ گرد بادِ حیات، تاثراتِ روحانیہ، مرأتِ وجدان کن کو کہتے ہیں، اس سے بالکل بے خبر ہے۔ حظوظات نفسانیہ میں شدت سے منہمک اور ہوا و ہوس سے مغلوب! جہاں بزم عیش دیکھی ادھر ہی کو دوڑنا، کہیں آہنگ طرب سنا، اسی میں شریک ہونا، جہاں معلوم ہوا کہ کوئی مجلس مستانہ ہے، وہیں کے ہو لیے مگر شراب نہیں پیتا اور اسے آب زہرناک تصور کرتا ہے۔ صرف سوسائٹی اور یاران جلسہ میں رہنے کا بہت شوق ہے اور کھانے کا تو دشمن ہے۔ رکابی میں کسی چیز کو چھوڑنا نہیں چاہتا۔ ہر دلعزیز ہونے کی بہت خواہش ہے اور ہر شخص کے ساتھ ملاطفت سے پیش آنا چاہتا ہے۔ غرض کہ بزم آراء شوق افزا ہے۔

ناتجربہ کاری اور بے فکری کے خیالات رات دن اس کی خدمت میں فخر کے ساتھ حاضر رہتے ہیں۔ اس میں تعجب کیا ہے؟ جوانوں کے لیے دل لگی چاہیے! وہ بھی اپنا دل بہلاتا ہے۔ وہ بھی روایت پرور افکار کا محکوم ہے۔ کچہری ہفتہ میں دو تین دن جاتا ہے باقی تمام وقت لایعنی اشغال میں صرف کرتا ہے۔ دن بھر میں سو سو محلوں کے چکر لگاتا ہے اور ہر جگہ ایک محبوبہ سودا انتمار رکھتا ہے۔

خوش ہے! حیات کے مسائل مہمہ میں سے ایک بھی اسے اپنی طرف نہیں کھینچتا۔

اندیشہ و اضطراب کے اسباب مہلکہ سے بری ہے، مستقبل زمانہ کا ذرا بھی خیال نہیں کرتا۔ حال میں اپنی عمر کو ایک آہنگِ عاشقانہ کے ساتھ گزارتا ہے، کھاتا ہے، پیتا ہے اور پہنتا ہے، معیشت نے اس آوارہ مزاج پر اپنا دست تغلب نہیں ڈالا۔ اپنے خیال میں وہ گویا اس سوچ میں ہے کہ حیات مسعودانہ کب اور کس طرح منتظم کرے!

محاکمات فکریہ اور مناقشات وجدانیہ کو محکوم تعب اور آرام سوز سمجھ کر ان سے کلیۃً مجتنب ہے۔ ہفتے یکے بعد دیگرے گزر جاتے ہیں اور وہ گھر میں نہیں آتا۔ گھر والے اس غیر حاضری پر کس اندیشہ و خلجان میں مبتلا ہوں گے، اس سے اپنے دماغ کو تکلیف نہیں دیتا۔ اگر وہ پریشان ہیں تو میں کیا کروں؟ میں بچہ نہیں ہوں۔ اگر غیر حاضر رہتا ہوں رہنے دیں۔

وہ شفقت پناہ عورت جسے ماں کہتے ہیں آنکھوں میں آنسو بھر کے اس کی خوشامد کرتی ہے وہ تین چار منٹ کے لیے متاثر ہو کر اپنی حالت پر افسوس کرتا ہے، مگر پرانی ہوائے محبت اس نقش کو بہت جلد زائل کر دیتی ہے، وہی فکر، وہی شرب اپنی فرمانروائی پھر شروع کر دیتے ہیں۔ جو شخص کہ چند ساعت پہلے اپنی والدہ کے حضور میں مجوبیت اور ندامت کے ساتھ حاضر تھا، اب وہی اپنے پرانے شبانہ اشغال میں شریک ہونے کے لیے موجود ہے۔ شام کو دستر خوان کے گرد جمع شدہ خاندان میں ایک شخص کی عدم موجودگی۔۔۔ اپنے جگر پاروں کو دیکھتی ہے۔ بڑے بھائی کی غیر حاضری کی وجہ سے دلگیر ہو کر چھوٹے بچے تہالکِ معصومانہ سے کہتے ہیں:

"اماں! ہم کھائیں؟ بھائی تو آئے نہیں؟"

بغیر کسی لطف اور لذت کے پیٹ میں کھانا ڈال کر علیحدہ ہو جاتے ہیں۔

سب پڑوسی نوجوان کے انجام سے ڈرتے ہیں، اس کی اصلاح کے متعلق اس کی ماں

سے سوال کرتے ہیں، مگر افسوس! ماں بے چاری کیا کرے۔ وہ نصیحت سنتا ہی نہیں۔ ہم کہہ نہیں چکے ہیں کہ وہ ہوا و ہوس سے مغلوب ہے، اس کو اس کے مشاغل سے باز رکھنا سخت مشکل ہے۔ ہوس نے اپنا سکہ جما رکھا ہے، برائیاں حکمرانی کر رہی ہیں اور طالع مساعد ہے اور موفقیت زیادہ! جوان کو ماں نے ایک تقریب سے دوسرے شہر میں بھیج دیا ہے کہ شاید اسی ذریعے سے اس کی آشفتہ مزاجی میں کمی ہو۔

وہ چلا گیا، مگر کیا اس کی حرکات مجنونانہ میں کوئی کمی ہوئی؟ غلط، غلط، تخفیف نہیں ہوئی بلکہ صرف ایک عارضی سکون نے اس کے دماغ کو فعالیت شہوانیہ سے سکتے میں ڈال دیا اور "امور معیشت کیا چیز ہیں اور حیات ساعیانہ کسے کہتے ہیں" یہ اسے بتانا شروع کیا۔ اس کی خواہشیں زائل نہیں ہوئیں۔ صرف ذرائع مفقود تھے۔

حیات ماضی اس کے تخیل سے وابستہ تھی۔ ہاں، کبھی کبھی یہ بھی خیال دل میں جاگزیں ہو جاتا تھا کہ سئیات کس قدر آرام سوز اور طاقت فرسا ہیں۔ ان خیالات سے اس کی پریشانی اور بھی بڑھ جاتی تھی۔ مسائل مہمہ حیات پر غور کرنے سے اس کی حالت بحران تک پہنچ جاتی تھی اور اس زمانے میں بلا کسی کے پاس بھیجنے کے ارادے کے وہ عجیب خط لکھتا تھا، جن میں لذت اشتغال، محظوظیتِ خدمت، نشوئہ آرام سے بحث ہوا کرتی تھی۔

انسانی طبیعت کا مختلف زمانے میں مختلف حالتوں میں ہونا، کیا کیا تبدلات پیدا کرتا ہے آج جو غضب و تکدر اور اندیشوں میں ڈوبا ہوا ہے، وہی کل نشوہ رخندہ و بہجبت سے ہم آغوش ہے، جو شخص ابھی ابھی حیات سفلیانہ سے متنفر ہے، تھوڑی دیر بعد سفالیت کے درجے سے بھی نیچے پڑا ہوتا ہے۔ ابھی جو اصلاح نفس سے بحث کر رہا ہے، کچھ تعجب نہیں جو کچھ عرصے کے بعد وہی تعر معاصی میں گرا ہوا ملے، یہ محقق ہے۔

جوان کا بھی یہی حال ہوا۔ اس کی الجھن رفع کرنے کے لیے اس کے چند دوست نما دشمنوں نے صلاح دی کہ شراب پیو۔ نوجوان اس کی جرأت نہ کر سکتا تھا۔ سرخوش لوگوں کے احوال رذیلانہ دیکھ کر اسے شراب سے نفرت ہو گئی تھی۔ اب کس طرح پی سکتا ہے، یہ ہرگز نہ ہو گا۔۔۔

افسوس اس ارادے پر ثابت قدم نہ رہا اور ان دوستوں کے اصرار کو رد نہ کر سکا۔ ان کے ساتھ اٹھ کھڑا ہوا اور یہ سب لوگ سپتنجی قہوہ خانے کے سامنے والے مَے خانے میں گئے۔ پہنچتے ہی اس کے دماغ میں ایک کریہہ بو داخل ہوئی۔ یہ مے خانہ نہ تھا بلکہ مزبلہ گاہ معلوم ہوتا تھا۔ چھت بغیر چمنی کے لیمپ کے دھوئیں سے بالکل کالی ہو گئی تھی، ہر کونے میں مکڑی کا ایک بڑا جالا بنا ہوا تھا۔ زمین ایک بالشت گہری کیچڑ میں دبی ہوئی تھی۔ میز کی جگہ پر ایک پرانا مستعمل مٹی کے تیل کا صندوق رکھا ہوا تھا جو تختہ کہ کوچ کا کام دے رہا تھا، اس پر ایک متعفن کریہہ المنظر ٹاٹ (جس نے نہ معلوم کس وقت سے پانی کا منہ نہ دیکھا تھا) پڑا تھا۔ شیشے، برتن، پیالے میل کی وجہ سے نظر نہ آتے تھے۔ تین چار عیاش ایک میز کے گرد احاطہ کئے ہوئے پی رہے تھے۔ یہ بھی اس زمرئہ بدمستی میں شامل ہو گئے اور جا کر بیٹھ گئے۔

جوان نے ایک مدید اور اسرار انگیز نظر سے چاروں طرف دیکھا۔ پھر ایک معنی وار نظر اپنے ساتھیوں پر ڈالی اور کانپ کر پوچھا:

یہاں کیا ہو گا؟

جواب ملا: "عیش و طرب"

جوان نے ایک قہقہہ لگایا اور اس کی آنکھوں میں ایک برق تہور چمکی۔ اس نے پوچھا:

"پھر؟"

جواب دیا گیا۔ "پیئں گے"

"یہاں؟"

"ہاں"۔

کانپ اٹھا، محتشم، مکلف عشرت جگہوں میں جب ایک قطرہ منہ میں نہیں ڈالا تو اس مردار و نفرت انگیز مقام میں کیوں کر پی سکے گا۔ اس آبِ زہر ناک کو جو گہری کائی میں دبے ہوئے پیپے سے نکل رہی تھی کیونکر اپنے معدے میں اتار سکتا تھا۔ غرض کہ جوان کی حالت ایسی ہوگئی کہ گویا وہ ہرگز نہ پیئے گا لیکن۔۔۔ لیکن بات دے چکا تھا، اب کیا ہو سکتا تھا؟ اپنی بات کی سچائی پر اس نے کبھی تکرار کی تھی؟ اب اس کے خلاف اس کے امکان سے خارج تھا۔ خیر، خیر نہ پیئے گا۔ اس آب پر اصظرار کو منہ میں نہ ڈالے گا۔

خدمت گار نے اپنے ناپاک ہاتھوں سے ان کے بیچ میں قدح اور شیشے رکھنے شروع کئے۔ اس بیت القوۃ، اس دارالخباثت میں پینے سے مزہ کیونکر آسکتا تھا؟ جوان نے پھر سب کی طرف دیکھا، اتنے میں ایک تیز آواز نے کہا:

"پانی لاؤ"۔

یہاں پانی کہاں؟ یہاں پانی سے مراد لوازم نوشا نوش ہیں، جوان کسی طرح اپنے رفیقوں میں شریک نہ ہو سکتا تھا اور وہ "آپ کی صحت، آپ کا شرف" کہہ کہہ کر اصرار کر رہے تھے۔ مگر وہ پیالہ ہاتھ میں نہ لیتا تھا۔ چہرے پر تموجات عصبیہ، اور حسیاتِ نفرت ظاہر ہوتے تھے، مگر افسوس سے نہ کہتا تھا۔

تردد و خلجان و پریشانی کے ساتھ ہاتھ میں پیالہ لیا گیا۔ ایک لرزش خفی تمام جسم میں دوڑ گئی، جیسے بڑی سردی معلوم ہو رہی ہو۔ اس طرح کہ اس کے دانت بجنے لگے۔ بڑھا

ہوا ہاتھ بے اختیار پیچھے ہٹ گیا۔ اصرار اور رجا نے اس دست متردد کو پھر بڑھایا، مگر منہ تک لے جانے کی حالت میں یکایک پھر ٹھہر گیا۔ اختلاجات وجدانیہ کی تاب نہ لا سکا اور کہا:

"نہ پی سکوں گا"۔ مگر ابھی پیالہ ہاتھ میں ہے۔

"کیا جانیے کیا ہو؟" دو معنی دار نظروں نے اسے گھور کے دیکھا اور پیالہ خالی کر دیا گیا۔ اس کے جسم میں ایک حرارت آئی اور اسے اپنے پر اختیار نہ رہا۔ دوسرے پیالے نے حرارت میں تخفیف کی، شیشہ خالی کیا گیا، اور اب اسے نشوئہ بدمستی کا احساس ہوا۔

کیا تم یقین کرو گے؟ متاسف ہے، آیا پینے سے؟ شاید، اور شاید اس وجہ سے کہ اچھی جگہوں میں نہ پی اور پی تو یہاں۔

نشوئہ خمار نے فریفتہ کر دیا۔ میدان پا کر پینا شروع کر دیا۔ یہی ہوتا ہے۔۔۔ بات، پہلے ہی مرتبہ کے نہ پینے میں ہے۔۔۔ اس کے بعد کچھ نہیں ہوتا!

جوان اس وقت سے اپنی زندگی زہریلی کر رہا ہے۔

***

۲

حضرت دل کی سوانح عمری

مجھ سے خواہش کی گئی ہے کہ اپنی سوانح عمری لکھوں، اس میں شک نہیں کہ میرے حالات فائدے سے خالی نہ ہونگے لیکن مشکل یہ ہے کہ میرے سوانح، میری کیفیات، میری زندگی کی صعوبات لوگوں کو یا تو یقین نہ آئیں گی یا سمجھ میں نہ آئیں گی۔ مثلاً ایک چھوٹی سی بات لیجیے۔ میں اثر پذیر بہت ہوں، خدا نے بے شمار مخلوق پیدا کی ہے اور اس بے شمار مخلوق میں میں ایک ناچیز مختصر چھوٹی سی شے ہوں، لیکن میں دعوے سے کہہ سکتا ہوں اور یہ حکایت امر واقعی ہے (کچھ فخر نہیں) کہ اس تمام مخلوق میں کوئی مخلوق نہیں جو میری برابر متاثر ہوتی ہو۔ اسے کون یقین کریگا؟

پھر میں ہر چھوٹی بڑی شے سے متاثر ہوتا ہوں، نئی، پرانی، قدرتی، مصنوعی، ظاہری، باطنی، صوری، معنوی، جاندار، بیجان غرضیکہ کوئی چیز ہو مجھ پر اثر کرنے کے لیے کافی ہے لیکن آپ سے سچ کہوں اور سچ ہی کہونگا، یا تو سوانح عمری لکھوں گا نہیں یا لکھوں گا تو سچائی سے منحرف نہ ہوں گا، کوئی چیز مجھ پر اتنا اثر نہیں کرتی جتنا۔۔۔ میں کیسے کہوں آپ شبہ کریں گے۔۔۔ جتنا۔۔۔ جتنا۔۔۔ نا۔۔۔ حسن

میری بساط مٹھی بھر کی بھی تو نہیں، لیکن حسین چیز دیکھی اور بیتاب ہو گیا۔ بانسوں اچھلنے لگتا ہوں، دھڑکنے لگتا ہوں، میں کسی سینے میں ہوں اور وہ سینہ کسی لباس میں ہو،

عبائے تقویٰ و زہد میں جامہ رندی و خراباتی میں، عالم وادیب کے چوغے میں یار ئیس کے زر دوز لبادے میں، غرض میں کہیں چھپا ہوں وہ چیز جسے حسن کہتے ہیں، میرے سامنے ہوئی اور میں از خود رفتہ ہو گیا۔

ایک اور بات ہے جس سے میں اپنے حالات لکھتے ہوئے ہچکچاتا ہوں، میں نے اس دنیا میں آرام نہ دیکھا، تکلیف اور درد میری قسمت میں تھا، گھلنا، ٹکڑے ہو ہو جانا میرے نصیب میں تھا۔ اس وسیع دنیا میں ہر شے عیش میں ہے اور نہیں ہوں تو میں۔ وجہ اس کی کیا ہے؟ یہی کہ اور جتنی چیزیں ہیں وہ اس چیز سے (اسے نعمت کہوں یا مصیبت؟) بری ہیں، جس سے میرے رگ و ریشہ کی ساخت ہے۔ یعنی میں متحسس ہوں اور وہ نہیں ہیں۔

سب سے پہلی حسین چیز جو مجھے یاد ہے اور جس کا خیال اب تک مجھ پر اثر کرتا ہے وہ وہ شفقت اور رقت، روحانیت و انسانیت کی دیوی ہے جسے ماں۔ معاف کیجیے میں اب کچھ نہیں لکھ سکتا، اس لفظ کے آتے ہی میں دھڑکنے لگا! دھڑک لوں تو لکھوں۔۔۔ کہتے ہیں۔ حسن میں نے سینکڑوں طرح کے دیکھے اور سب میں کشش پائی، لیکن جتنی کشش اس حسین اور نرم شے میں دیکھی کسی میں نہ دیکھی۔

قدرت کی یہ سب سے نرم اور شفیق چیز مجھے بہت ہی پیاری معلوم ہوتی تھی اور اکثر ایسا ہوا ہے کہ میں اس کے پیارے چہرے کو دیکھنے کے لیے رویا ہوں اور مجھے گود میں اٹھالیا گیا ہے اور یہ خیال کر کے کہ میں بھوکا ہوں مجھے دودھ پلایا گیا ہے حالانکہ اس کی بالکل ضرورت نہ تھی، میں بس اس کو دیکھنے، گھنٹوں اس فرحت بخش، طمانیت بخش، محبت پاش، الفت انگیز چہرے کو۔۔۔ اس چہرہ کو جو مجھے عالم لاہوتی کی صورتوں کی جنھیں میں ابھی چھوڑ کے آیا تھا، یاد دلاتا تھا، دیکھنے کا خواہشمند تھا، کبھی، کبھی میں اس حسین شے کے

سینے سے لپٹنے کی خواہش کرتا تھا، لیکن کہہ نہیں سکتا تھا، صرف ہمکتا تھا اور وہ حسن کی دیوی، وہ شفقت و روحانیت کی پری، خدا ہی جانتا ہے میری خواہش کو کس طرح سمجھ لیتی تھی اور مجھے سینے سے لگا لیتی تھی اور اس وقت وہ خوشی محسوس کرتا تھا جو دنیا کی تمام خوشیوں سے بالاتر ہے۔ میں جب اس کے سینے سے لگتا تھا تو مجھے معلوم ہوتا تھا اور یہ معلوم ہو کے مجھے کیسی خوشی ہوتی تھی کہ میں اس کے سینہ میں بھی دھڑک رہا ہوں۔ وہاں بھی تڑپ رہا ہوں۔

دوسری حسین اور خوبصورت چیز جس نے مجھے اپنی طرف کھینچا وہ شمع تھی۔ یہ نور عریاں مجھے گھنٹوں محو حیرت رکھتا تھا اور کہیں قریب ہوا تو میں اسے سے ملنے کے لیے اس سے لپٹنے کے لیے بے اختیار اس کی طرف ہاتھ بڑھاتا تھا۔

لیکن یہ کیا؟ مجھے روکتے تھے۔ کیوں؟ کیوں مجھے اس حسین شے سے ملنے نہیں دیتے تھے؟ اس لیے کہ پہلے کی طرح ہر حسین شے شفیق نہیں۔ یہ حقیقت، یہ دل شکن حقیقت مجھے بعد میں معلوم ہوئی، اچھا ہوتا اگر جب ہی معلوم ہو جاتی۔

چاند۔ وہ بیجان مخلوق میں سب سے زیادہ طرب انگیز چیز یعنی چودھویں رات کا چاند۔ تو مجھے بالکل بیتاب کر دیتا تھا۔ اسے بھی پکڑنے، اس سے بھی ملنے کی خواہش ہوتی تھی، میں اسے اپنے پاس اپنی طرف متوجہ سمجھتا تھا، سب کہتے تھے "دیکھو دیکھو، کیسا ٹکٹکی باندھے دیکھ رہا ہے، آنکھ بھی نہیں جھپکتی" میں اسے دیکھ دیکھ کے کھل کھلا کر ہنس پڑتا تھا، کیوں کہ اسے میں اپنی طرف مائل پاتا تھا اور پھر اسے پکڑنے کے لیے ہاتھ بڑھاتا تھا مگر آہ چاند دور تھا۔ حسن دھوکا بھی دیتا ہے۔

بس یہ زمانہ میری خوشی کا زمانہ تھا، میں حسینوں سے گھرا رہتا تھا، ہوا میں پریاں میرے پاس آیا کرتی تھیں اور مجھ سے باتیں کیا کرتی تھیں اور لطیفے کہہ کہہ کے مجھے ہنساتی

تھیں۔ فرشتے ایک زریں سیڑھی پر آسمان سے اتر کر میرے پاس آتے تھے، مجھ سے سر گوشیاں کرتے تھے اور مجھے گدگدا کے بھاگ جاتے تھے۔ سیڑھی پر سے چڑھنے اور اترنے کا تانتا بندھا رہتا تھا اور میں انھیں دیکھا کرتا تھا۔ گھر میں حسین، پاکیزہ اور باعصمت عورتیں مجھے گھیرے رکھتی تھیں، میں جس گود میں چاہتا جاتا اور خوشی خوشی قبول کیا جاتا تھا، جس کے گالوں پر چاہتا ہاتھ پھیرتا اور سب ہنستے تھے، جس کا چاہتا بوسہ لیتا اور سب مجھے چومتے تھے۔

اس پہنائے زندگی میں، میں نے چند قدم اور ڈالے۔ اب رنگ برنگ کی تیتریاں مجھے اپنی طرف کھینچتی تھیں، میں ان کی طرف دوڑتا تھا اور وہ اڑ جاتی تھیں، حسن کی بے اعتنائی دیکھی؟

ایک دن ایک پاک، سفید و براق کبوتر میرے ہاتھ آگیا۔ میں فرط محبت سے اسے بھینچتا تھا، اسے چومتا تھا لیکن وہ پھڑ پھڑا کے اور میرے ہاتھوں سے اپنے تیئں چھڑا کے اڑ گیا۔ حسن قدر ناشناس ہے۔

ابھی میں کم عمر ہی تھا کہ مجھے ایک خوفناک حقیقت معلوم ہوئی، ہم چند نو عمر دل زمین پر بیٹھے ہوئے کھیل رہے تھے، لڑکے بھی تھے، لڑکیاں بھی تھی، مٹی کے گھروندے بنا رہے تھے، میرے پاس ایک حسین شاطر لڑکی بیٹھی تھی، ہم گھروندے بھی بناتے جاتے تھے اور آپس میں باتیں بھی کرتے جاتے تھے، نہ معلوم اس نے کونسی ایسی بات کہی کہ مجھے بہت ہی بھلی معلوم ہوئی اور میں نے اس سے بے اختیار ہو کر ایک بوسہ مانگا، یا تو وہ مجھ سے ایسی گھل مل کے باتیں کر رہی تھی یا اس سوال سے ایسا مزاج برہم ہوا اور اس نے مجھے ایسے زور سے جھڑکا، اس شدت سے ڈانٹا کہ میں کانپ اٹھا اور اب بھی جب خیال آتا ہے تو وحشت زدہ ہو جاتا ہوں۔ اللہ رے حسن، تیرا غرور! لیکن نہیں، صنعت

خالق میں، عورت کے سوا سب سے زیادہ پیاری صنعت، پھول، سے مجھے شکایت نہیں، اس نے مجھ سے اجتناب نہیں کیا، بلکہ میری ہی طرف سے اس پر زیادتی ہوئی۔ بجائے اس کے کہ وہ مجھے توڑے، میں اسے توڑتا تھا، پھول کبھی دل شکن نہیں ہوا، میں اکثر گلچیں بنا۔

کہا جاتا ہے کہ میں رئیس اعضا ہوں، خاک بھی نہیں، اگر میں رئیس اعضا ہوں، تو مثالاً میں جب اس حسن کی دیوی کو دیکھ کر غش ہو جاتا ہوں اور حکم کرتا ہوں، "چلو اس کی پرستش کریں، اس کے قدموں پر اپنے تئیں ڈال دیں" کیا ہوتا ہے، میری ریاست دھری رہ جاتی ہے، رئیس اعضاء کی کوئی نہیں سنتا۔ دماغ (وہ مشیر باتدبیر جن سے خدا سمجھے، جنھیں "مصلحت نہیں" "بری بات ہے" کے سوا اور کچھ آتا ہی نہیں) فرمانے لگتے ہیں، "بری بات ہے، عیب کی بات ہے، لوگ کیا کہیں گے، مانا کہ تم برے خیالات سے پاک ہو، لیکن دنیا پر کیسے ثابت کرو گے؟" پاؤں زمین میں گڑ جاتے ہیں، میں وہیں پس کے اور غصے میں خون ہو کر رہ جاتا ہوں۔

ابتدائے آفرینش عالم سے اب تک لاتعداد تجربے میں نے کئی اور بیشمار اشخاص سے پالا پڑا، کسی کو دوست پایا، کسی کو دشمن، کسی کو اپنی طرف سے بے پروا۔

انہیں جنہوں نے مجھے اپنی طرف کھینچا میں کبھی بھولوں گا، تھوڑا ہی۔ نجد میں مجھے لیلا نے بہت پریشان کیا۔ ایران میں شیریں کے ہاتھوں میں بہت بھٹکا۔ مگر آہ! شکنتلا! شکنتلا وہ مجھ پر مہربان تھی۔ لیکن ادھیلن! تو بے پروا تھی اور کیسی بے پروا کہ لاکھوں خلق خدا کا خون کر اگئی۔

سوانح عمری میں حقیقت سے گریز نہ کرنی چاہئے۔ حقیقت یہ ہے کہ بعض کو میں نے بھی تباہ کر دیا۔ جو ناچ چاہا انہیں نچایا قیس عامر کا جب خیال آتا ہے تو میں بہت ہی

کڑھتا ہوں فرہاد کی زندگی تلخ کر دی، ہند کے بادشاہ جہانگیر کو بھی میں نے بہت ستایا۔

یہاں جملہ معترضہ کے طور پر ایک بات اور کہنا چاہتا ہوں ظلم اور سختی سے (جو معنوی بد صورتی ہے) میری ازلی دشمنی ہے اور حد سے زیادہ تعقل سے مجھے نفرت ہے یہی وجہ ہے کہ بیکن بو علی سینا ابن رشد، اقلیدس نپولین، تیمور اور چنگیز کو اپنا دشمن سمجھتا ہوں، لیکن جہاں یہ میرے دشمن تھے وہاں میرے مداح، رفیق، میرے دوست بھی ہوئے ہیں شیکسپیئر کو میں نہ بھولوں گا، کالی داس، حافظ، اکبر، کبیر کی یاد مجھ میں ہمیشہ تازہ رہے گی یہ میرے دائمی دوست تھے اور سچے دوست تھے۔

میں نے مشرق اور مغرب میں جو سفر کیے ہیں اور جو تجربے اور واقعات نظر سے گزرے ہیں وہ بھی نہایت حیرت خیز ہیں۔

سب سے پہلے مجھے یہ کہنا ہے کہ مشرق ہو یا مغرب، یورپ ہو یا ایشیا، میں نے ہر جگہ، ہر جگہ بد نظمی، ہر جگہ لٹیروں، قزاقوں کو درپے آزار دیکھا۔

مشرق بالخصوص ہندوستان سے مجھے بہت شکایت ہے۔ مجھ پر چاروں طرف سے حملے ہوتے ہیں، لیکن کس طرح؟ دلیرانہ سامنے آکر حملے نہیں کیے جاتے، بلکہ گاڑی کی جھلملیوں میں سے، جھروکوں میں سے، کھڑکیوں میں سے، گھونگٹوں میں سے، آنچلوں میں سے مجھ پر تیر برسائے جاتے ہیں اور میں جواب نہیں دے سکتا۔ بارہا حملہ آوروں کے نرغے میں پھنس گیا ہوں، مگر نظر اٹھا کے دیکھتا ہوں، مدافعہ کی غرض سے نہیں، کیونکہ اس کی طاقت نہیں، بلکہ استرحام، التجا کی نیت سے۔ تو حملہ آوروں کا پتہ نہیں، چشم زدن میں غائب۔ غرفہ بند، گھونگٹ کھنچا ہوا، نقاب پڑی ہوئی ہے۔ گویا کبھی حملہ ہوا ہی نہ تھا۔ یہ انصاف ہے؟ مانا کہ "الحرب خدعۃ" لیکن بہادر للکار کے، خبردار کر کے حملہ کرتے ہیں۔

پھر مشرق جیسا وسیع ملک اور ہر جگہ مجھے پھانسنے کے لیے جال پھیلے ہوئے ہیں۔ ایک دن میں خیال میں مستغرق، دنیا و مافیہا سے بے خبر، اپنی طرف سے اور کل عالم سے مطمئن اور شاد جارہا تھا کہ یکایک ایک اندھیرے گھپ میں داخل ہو گیا، اس اندھیرے گھپ میں جال اور وہ بھی کالا پھیلا ہوا ہے اور جتنی نکلنے کی کوشش کرتا ہوں اتنا ہی اور پھنستا جاتا ہوں، جتنا تڑپ کے باہر آنا چاہتا ہوں، اتنے ہی جال کے بند مجھے گھیرے لیتے ہیں۔ یا اللہ! میں کس بلا میں پھنس گیا۔ جب میں تھک گیا تو رضا بہ قضا، میں نے تحصیل لاحاصل کی کوشش چھوڑ دی۔ اندھیرا زیادہ تھا۔ پہلے تو مجھے دکھائی نہ دیتا تھا۔ جب نظر اس اندھیرے کی عادی ہو گئی تو میں نے دیکھا کہ ایک میں ہی اکیلا یہاں نہیں ہوں۔ بلکہ اس جال میں بہت سے دل پھنسے ہوئے ہیں۔ اس سے کچھ خاطر جمع ہوئی اور خیال کیا کہ ان لوگوں سے مل کر کوئی تدبیر نکلنے کی کریں گے۔ اس لیے میں نے ان سے مخاطب ہو کر کہا، "بھائیو! جس مصیبت میں، میں مبتلا ہوں اس میں تم مجھ سے پہلے پھنسے ہو۔ بہر حال اس سے خلاصی پانے کی کوشش کرنی چاہیے شاعر نے

دو دل یک شود بشکند کوہ را

پراگندگی آرد انبوہ را

کہا ہے اور ہم تو دو دل نہیں، اگر میرا اندازہ غلط نہیں تو سیکڑوں دل ہیں اور یہ پہاڑ نہیں نہایت باریک جال ہے۔ یا اللہ کہہ کے سب ایک ساتھ جست کریں تو کیا عجب کہ اس جال کو توڑ دیں اور رہائی پائیں۔"

عشق اسیری میں نے یہیں دیکھا۔ میری اس معقول تجویز کو سننا اور اس پر عمل کرنا کیسا، سب نے مجھے گالیاں دینی شروع کر دیں "تم سے کس نے کہا تھا کہ تم یہاں آؤ اور آئے تھے تو ناصح بن کر تو نہ آئے ہوتے۔ اس دھوکے میں ہم نہ آئیں گے۔ بڑے آئے

باتیں بنانے والے۔ ہم بھی قائل ہیں، کیا ترکیب سوچی ہے ہمیں باہر نکال کے خود اکیلے یہاں رہنا چاہتے ہیں۔ ماشاء اللہ! ماشاء اللہ! مگر

بر د ایں دام بر مرغ دگر نہ

کہ عنقار ابلند است آشیانہ"

مجھے نہایت غصہ آیا۔ مگر چپ ہو رہا۔ اکیلا تھا کیا کرتا۔ لیکن تعجب کی بات سنیئے۔ کچھ عرصہ یہاں رہنا تھا کہ ایں جانب بھی اس اسارت سے محبت کرنے لگے۔ جتنے جال کے بند کھنچتے جائیں، اتنے ہی ہم خوش ہوتے جائیں۔ خدا سے دعا مانگیں کہ الٰہی یہ بند کبھی ڈھیلے نہ ہوں، بلکہ اور تنگ ہوں۔ تاہم کبھی کبھی اپنی حالت پر افسوس بھی آتا تھا، اور جھٹکارا پانے کی خواہش ہوتی تھی۔

ایک دن عزم بالجزم کر کے اور نہایت زور سے پھڑ پھڑا کے میں وہاں سے نکل آیا۔ باہر آیا تو معلوم ہوا کہ میں ظلمات گیسو میں پھنس گیا تھا۔ اس رہائی پر خدا کا شکر کر رہا تھا۔ اندھیرے سے نکل کر روشنی میں آیا تھا، مگر یہاں قدم قدم پر میرا پاؤں پھسلا جاتا، (زمین نہایت چکنی تھی) کہ یکایک اڑاڑا دھم۔

ایک کنوئیں میں تھا۔ یہاں بھی ظلمات کی طرح اور بہت سے دل تھے۔ اب چونکہ مجھے ان حضرات کا تجربہ ہو گیا تھا۔ میں نے پہلے کی طرح ان کو سمجھانے کی غلطی نہیں کی بلکہ ان سے معذرت چاہی اور کہا "میں مخل ہوا، مگر میں عمداً نہیں آیا، امید ہے کہ معاف فرمایا جاؤنگا" نیز یہ کہ "میں یہاں سے نکلنے کی جتنی جلد ممکن ہو گا کوشش کروں گا، یہاں اس قدر روشنی تھی کہ میری آنکھ خیرہ ہوئی جاتی تھی اور اس پر ستم یہ کہ کنویں کے اوپر برابر بجلی چمکی تھی، لیکن بجلی کی چمک کے ساتھ گرج تھی بلکہ نہایت لطیف، لوچدار، نغمہ ساں آواز جسے ہنسی کہہ سکتے ہیں، آتی تھی۔

یہاں سے معلوم نہیں میں نے کس طرح نجات پائی، میں تو سمجھتا ہوں محض تائید غیبی تھی۔ نکلا تو معلوم ہوا کہ میں خوش قسمتوں میں سے ہوں، ورنہ چاہ ذقن میں (قارئین سمجھ ہی گئے ہونگے کہ میں رخساروں سے پھسل کے چاہ ذقن میں گر پڑا تھا) گر کے نکلنا دشوار ہے۔ برق تبسم اور نغمہ خندہ، پاگل کر دیتے ہیں۔

مشرق میں، میں نے اس قدر ٹھوکریں کھائی تھیں کہ میں یہاں سے بھاگا۔ مغرب میں گیا۔ سوچا یہاں آرام و سکون نصیب ہو گا مگر آرام و سکون کیسا! یہاں بھی وہی بد نظمی، وہی لوٹ۔

بد نظمی سہی، لوٹ سہی پھر بھی مشرق کے برابر مجھے مغرب سے شکایت نہیں، یہاں لوٹ ہے، قزاقی ہے، ٹھگی نہیں، یہاں لٹیرے ڈنکے کی چوٹ پر ڈاکا ڈالتے ہیں۔

یہاں بھی میں جہاں جاتا تیروں کی بوچھاڑ مجھ پر ہوتی تھی لیکن مجھے خبر بھی دیدی جاتی تھی کہ "ہم تیر برساتے ہیں بچ سکتے تو بچو، بھاگو یا سینہ سپر ہو" ہاں تیر انداز، تیر چھوڑ کے غائب نہیں ہو جاتے تھے بلکہ اگر میں پوچھتا کہ کس نے تیر مارا؟ تو جواب کڑک کے ملتا، "ہم نے؟"

"کیوں؟"

"ہمارا کام یہی ہے ہم اسی لیے پیدا کیے گئے ہیں اور ابھی تو مشق تیر اندازی ہے۔"

"ابھی صرف مشق ہی ہو رہی ہے۔"

بیشک ابھی صرف مشق ہی ہو رہی ہے۔ جب قادر انداز ہو جاتے ہیں تو وہ تیر مارتے ہیں کہ کسی کو اتنی قوت نہیں رہتی کہ ہم سے سوال کر سکے اور ہم کبھی آڑ کے پیچھے ہو کر تیر نہیں مارتے، یہ بزدلی ہے اور ہمارے اصول جنگ کے خلاف ہے۔ زیادہ سے زیادہ آڑا اگر ہم کبھی کرتے ہیں تو صرف دستی پنکھے کی کرتے ہیں، اور بس، اور یہ بھی لڑائی کے

شان بڑھانے کے لیے ورنہ کوئی ضرورت نہیں۔"

"تو آپ اس بات سے شرماتے نہیں کہ آپ تیر انداز ہیں، قزاق ہیں؟"

"پھر وہی کج بحثی، کہہ تو دیا کہ ہمارا کام یہی ہے، قدرت نے ہم کو اسی لیے پیدا کیا ہے۔ کیا آفتاب کا کام ضیا پاشی نہیں ہے؟ اب اگر چمگادڑ کہے کہ تو نہ نکل۔ میں تاب نہیں لا سکتی، شبنم کہے کہ شرر فشاں نہ ہو میں فنا ہو جاؤں گی، تو وہ مظہر شان کبریائی منبع نور و روشنائی یعنی عظمت و جلالت والا، شوکت و حشمت والا آفات ان کی نہیں سنے گا یہی نہیں بلکہ نہ سننے پر مجبور ہے، قانون قدرت کا تابع ہے" مگر گستاخی معاف، وہ بھی آپ کے ہی ہم جنس ہیں جو مشرق میں چھپ چھپ کر ڈر ڈر کے ادھر ادھر دیکھ کے کہ کوئی دیکھتا نہ ہو تیر مارتے ہیں۔ یہ کیوں؟

"دیکھا! تیر مارنے سے وہ بھی نہیں چوکتے، اب وہ اپنی اس خصلت سے نادم کیوں نظر آتے ہیں، یہ ہم نہیں جانتے، وہ جانیں اور ان کے تیر کھانے والے جانیں۔"

مگر مغرب میں سب سے زیادہ ظالم (فریاد، فریاد ان کی ستموں سے) وہ تھے جو تیر مارتے تھے، برچھیاں گھوپتے تھے، لیکن جب میں شکایت کرتا تھا تو صاف مکر جاتے تھے۔ "ہم نے نہیں مارا" پہلے تو میں اسے بناوٹ سمجھا۔ ملتجی نظروں سے ان کی طرف دیکھا اور عرض کیا، "میں آپ کو جھوٹا نہیں بنانا چاہتا۔ لیکن میں نے دیکھا کہ آپ نے تیر مارا۔"

میری ملتجی آنکھوں کا ان آنکھوں سے ملنا تھا کہ سیکڑوں ہزاروں تیروں کی پے درپے بوچھاڑ پڑنے لگی۔ مگر ان کو اس وقت عین اس بوچھاڑ کے وقت بھی اپنے بے تقصیری پر اصرار تھا۔

یہ ہم پر بہتان ہے، تیر ویر کیسا؟ (اور آنکھوں میں آنسو بھر لائے) "ہم کچھ نہیں جانتے" اور ہزاروں تیر برسا دیے۔

"تم اس قدر زخمی کیوں نظر آتے ہو۔ کس نے گھائل کیا؟"

اور ایک نظر، ایک ترحم انگیز اور ہوش ربا نظر ڈالی اور ایک لاکھ برچھیوں سے مجھے چھلنی کر دیا۔

"ہے ہے، اس قدر نہ تڑپو، کس بے رحم نے تمھیں خون میں شرابور کر دیا" مگر نجریا کی کٹریا سے اور کچوکے لگائیے۔

بعد میں معلوم ہوا کہ حقیقت میں انھیں اپنے ظالموں کی خبر نہیں۔ تیروں کی بوچھاڑ عمداً نہیں کی جاتی، بلکہ اپنے آپ ہوتی رہتی ہے۔ اف! اف! خدا ان تیر اندازوں سے پالا نہ ڈالے۔ کھلے بند قزاق، زخم لگا کے بھاگ جانے والے قزاق یا ٹھگ، ان سب سے میں سینہ سپر ہو سکتا ہوں اور ہوا ہوں۔ لیکن اس تیسری صنف سے تاب مقاومت نہیں۔ نہیں، بالکل نہیں۔

مغرب کیا، ساری دنیا میں میں قدیم اہل یونان سے بہت خوش ہوں، انھیں تعقل (اور خدا اس لفظ کو دنیا سے اٹھا دے) حکمت پر بہت توجہ تھی۔ لیکن میری غذا (حسن) پر وہ اس سے زیادہ متوجہ تھے۔

"وینس" وہیں نکلی اور وہ اندھا، مگر نٹ کھٹ، شریر لڑکا "کیوپڈ" جو ایک ہاتھ میں تیر اور دوسرے ہاتھ میں کمان لیے اور کندھوں پر لگائے اڑتا پھرتا وہیں پیدا ہوا۔ وہ مجھے زخمی کرتا تھا لیکن میں بہت خوش ہوتا تھا۔ کیوں میرے مدمقابل قزاقوں کو کوبھی وہ نہیں چھوڑتا تھا اور۔۔۔

جہنم میں جائیں آپ اور بھاڑ میں جائے میری سوانح عمری وہ سامنے سے اک بدیعہ خلقت، ایک آلہ حسن و جاذبیت، ایک مجسمہ شعر و نزاکت، سمند ناز پر سوار، مجھے شکار کرنے کے لیے آرہی ہے اور اب نہ مجھ میں اتنی طاقت اور نہ اس کی خواہش ہے کہ میں

اپنے حالات بیان کروں۔ آآکہ میں تیری پرستش کروں۔

نوٹ، از پرائیویٹ سکرٹری حضرت دل، حضرت دل بھلے چنگے تھے اور اپنے حالات لکھا رہے تھے کہ یکایک از خود رفتہ ہوگئے اور بہکی بہکی باتیں کرنے لگے۔ افسوس ہے کہ سوانح عمری ناتمام رہ گئی۔ تمام قارئین سے استدعا ہے کہ ان کی صحت کے لیے دعا کریں۔

***

۳

صحبت نا جنس

(دو لڑکیوں میں خط و کتابت)

حیدر آباد دکن، ۲۴ ستمبر ۱۹۲۵ء

میری پیاری سلما جانی! جو باتیں میں کسی سے کہہ نہیں سکتی وہ تمھیں لکھنا چاہتی ہوں۔ ہائے وہ مدرسے کے دن کہ جب مجھے کوئی تکلیف ہوئی یا مرضی کے خلاف کوئی بات ہوئی اور میں تمھارے کمرے میں پہنچی، اگر تم کسی بات کسی کام میں مشغول بھی ہوتیں تو بے تحاشا تم سے لپٹ کے، گلے میں بائیں ڈال کر، تمہارا منہ چوم کے اپنی طرف متوجہ کر لیا اور اپنا درد دل تمھیں کہہ سنایا اور دل کی بھڑاس نکال لی۔ حیدر آباد! آہ کتنی دور ہوں، پھر اللہ رکھے۔ تم میاں رکھتی ہو، بال بچے رکھتی ہو، گھر کے کام دھندے میں مشغول ہو، دیکھوں تمھیں اس خط کے پڑھنے کا وقت بھی ملتا ہے یا نہیں۔

مجھے یہ خط "میں خیریت سے ہوں اور تمہاری خیر و عافیت کی خواہاں" سے شروع کرنا چاہیے تھا۔ مگر طبیعت یکسو ہوتی تو کرتی، تمہاری طرح تھوڑا ہی ہوں، تمھاری زندگی میں نہ کوئی شے زیادہ نہ کوئی شے کم، جو تم چاہتی تھیں وہ سب موجود ہے، مجھے دیکھو؟ مجھ پہ کیا پتا پڑی! پوچھو تو سناؤں اور دل نہ بھرے، نہ پوچھو پھر بھی سناؤں گی۔

میں نے تمھیں نہیں لکھا، تین مہینے ہوئے میں دلہن ہو گئی، وہ عذرا جسے تم ہمیشہ

"دیوانی لڑکی" کہا کرتی تھیں اب "عقل والی عورت" ہے، مصیبتوں نے سنجید گی سکھادی۔

ابھی آدھ گھنٹہ ہوا، ایک دیو گھر سے باہر گیا ہے اور میں نے ایسا سانس لیا ہے، گویا بڑے ضیق سے نجات پائی، میرے ہول دل کو تھوڑا سا آرام ہوا تو میں نے یہ خط لکھنا شروع کیا، ان تین مہینوں میں ہر روز تمھیں خط لکھنے کا ارادہ کرتی تھی، مگر پریشانیوں سے جو سستی، اور خوف سے جو عطالت بدن میں پیدا ہو جاتی ہے اس نے اس ارادے کو پورا نہ ہونے دیا، صبح نہیں ہوتی کہ شام ہو جاتی ہے، صبح کھانے کے وقت ہم اپنے کمرے سے نکلتے ہیں اور اس وقت میرا پیارا دیو پنجہ، دیو جثہ، اپنی ٹوپی عجب لا ابالی ڈھنگ سے آدھے سر پر رکھ کر کوٹ عجب بے پروائی سے پہن کر باہر جاتا ہے، میری جان میں جان آتی ہے کہ اتنے میں عورتیں ملاقات کے لیے آجاتی ہیں، ان سے سر کھپاتی ہوں، تیسرے پہر کو میں کپڑے بدل کے تازی ہوا کھانے کے لیے اپنے ایک قفس سے نکل کر، دوسرے قفس میں بیٹھ کر (جس کی جھلملیاں بند ہوتی ہیں) باغ عامہ کا نظارہ کرتی ہوں، شام ہوتے ہی گھر پہنچتی ہوں، لیکن وہ مجھ سے پہلے وہاں موجود ہوتا ہے، رات کو گھر میں سناٹا ہو جاتا ہے اور اس خوفناک قوی ہیکل بت سے میری نفرت اور بڑھ جاتی ہے۔

یہ شادی کس طرح ہوئی، اس کی تاریخ میں تمھیں نہ لکھونگی کیا فائدہ۔ صرف ان تین مہینوں کی زندگی کی تصویریں ایک ایک کر کے پیش کرتی ہوں، انھیں دیکھو، اور میری سلما! مجھ پر دل دکھاؤ۔

وہ لڑکپن کی امیدیں ایک لال کی ہلکی پرواز کی طرح غائب ہو گئیں، اڑ گئیں، ایک چھوٹی چڑیا کی طرح ان کا خون ہو گیا۔ بیاہ کے بعد تیسرا یا چوتھا دن تھا، میں پیانو کے پاس بیٹھی تھی، وہ مجھ سے ذرا دور آرام کرسی پر ڈھیر ہو رہے تھے، میں یونہی بیٹھی بیٹھی پیانو کو

بجا نہیں رہی تھی، بلکہ کھیل رہی تھی کہ میرے کانوں میں وہ بھاری اور کرخت آواز آئی۔

"ہم سنے ہیں آپ بہت اچھے گائن گاتی ہیں، اگر دو ایک ہم کو سنائیں گا، تو بڑی مہربانی ہو گی۔"

میں رکی اور استعجاب آمیز سوال کی نظر سے ان کی طرف دیکھنے لگی، معلوم نہیں کہ اس نظر کے انھوں نے کیا معنی لیے کہ کہنے لگے۔

"کوئی راگنی، کوئی ٹپہ، کوئی غزل ہمارے واسطے ہونا، ہم یہ نہیں کہتا کہ کیا سناؤ، آپ کو جو پسند ہو وہ سناؤ۔۔۔"

میں مبہوت نظر سے دیکھ رہی تھی اور اس تقریر کو سن رہی تھی، وہ پھر فرمانے لگے۔

"اچھا اور کچھ نہیں تو یہ غزل تو سناؤ۔"

"دونوں ہاتھوں میں مہندی لگالے پری
لگالے پری، ہاں لگالے پری"

میں کیا جواب دیتی، حیران تھی، وہ مسلسل گانے کے لیے چیزیں پیش کرتے جاتے تھے۔

"اچھا صاحب! غزل نہیں تو کوئی ناٹک کی چیز،
دیتا ہوں تجھ کو تخت سلیمان کی قسم
(اور اپنے سینہ پر ہاتھ رکھ کر پورے جوش اور نہایت محبت اور حرص بھری نظر سے مجھے دیکھ کر)
مل مجھ سے اے پری تجھے انسان کی قسم"

مجھے چپ لگی ہوئی تھی، آخر کار وہ اٹھ کر اور پیانو کے قریب آکر فرمانے لگے۔

"صاحب! کیا غضب ہے میں اس قدر التماس کیا ہوں آپ قبول نہیں کرتے ہو، مہربانی کر کے مداری لال یا امانت کی کوئی چیز آپ سنا دینگے تو کیا ہو گا۔"

میں نے بہت چاہا کہ ان کا خیال کسی اور طرف ہٹ جائے، لیکن میں دیکھتی تھی کہ ان کا اصرار بڑھتا ہی جاتا ہے، آخر میں نے مجبور ہو کر کہا۔

"مداری لال اور امانت کون ہیں؟ میں نے تو کبھی ان کا نام بھی نہیں سنا۔"

میں نے یہ صفائی سے جواب دے دیا تھا، تم ہی بتاؤ تم نے بھی کبھی ان کا نام سنا ہے؟ ہم نے تو نہ مدرسے میں، نہ گھر میں، نہ کسی کتاب میں یہ نام دیکھے، مگر انھوں نے اسے بناوٹ سمجھا اور فرمانے لگے۔

"ایں! آپ نہیں جانتے، پر میں تو جانتا ہوں، ہندوستان کیا، دکن کیا ہر جگہ ان کا نام مشہور ہے۔" اور تھوڑے سے سکوت کے بعد، ایک پر نزاکت مگر معنی دار تبسم کے ساتھ فرمایا۔

"خفا نہ ہو صاحب! جو گانے آپ کو پسند ہوں وہی ہم کو سناؤ۔ البتہ وہ اچھے ہونگے۔"

پیاری سلما! پیاری بہن! تم ہی خیال کر سکتی ہو کہ میں کس مصیبت میں تھی، میرا چہرہ کچھ شرم، کچھ غصہ سے تمتما اٹھا اور قریب تھا کہ میں بیہوش ہو جاؤں، مگر ضبط کیا اور طبیعت کو تھاما۔

آہ! مس میری، آیئے اور اپنی چہیتی شاگرد کو دیکھیے کہ پیانو کے سامنے عاجز صم بکم بیٹھی ہے۔ وہ انگلیاں جنھیں آپ پیانو بجاتے ہوئے دیکھ کر تعجب کیا کرتی تھیں اور کہا کرتی تھیں کہ خدا نے انھیں محض موسیقی کے لیے پیدا کیا ہے، آیئے اور ان انگلیوں کی ذلت کو دیکھیے، سات برس متواتر اسی دن کا خیال کر کے، اسی دن کے لیے تیاری کی تاہم

ان تمام کوششوں کا نتیجہ دیکھیے۔ مداری لال اور امانت آتے ہیں اور آپ کی تعلیمات سب بیکار رہ جاتی ہیں۔ کیا یہ ہونا تھا، کیا اس لیے میں نے اتنی محنت اٹھائی تھی، اگر یہ تمام تعلیم بے سود تھی، یعنی اگر مینڈلسوں اور ڈیگیز (دونوں یورپ کے مشہور موسیقی داں ہیں) مداری لال کے حضور میں سر جھاکر بھاگ جانے والے تھے، تو یہ تعلیم ہی کیوں دی گئی تھی۔ میری سلما! بتاؤ؟ آخر کیا فائدہ، بتاؤ؟ میں اپنے امانت کے شیدا خاوند سے کیا کہوں، کیا عذر کروں؟

ہاں، میرا خاوند مجھ سے "دونوں ہاتھوں میں مہندی لگالے پری" یا "مل مجھ سے اے پری تجھے انسان کی قسم" کا طلب ہے۔ "میں کیا جواب دوں؟ میں ان چیزوں سے واقف نہیں، مجھے ہندی گانے نہیں سکھائے گئے۔"

میں نے سات آٹھ برس انگریزی گانے سیکھے ہیں یہی جواب تھے جو میں دے سکتی تھی اور یہی دیئے۔

اس پر انھوں نے نہایت اخلاق اور نرمی سے کہا۔

"بہتر! انگریزی گانے ہی سنائیے، میرے کو وہ بھی پسند ہوتے ہیں۔"

میں اتنی دیر تک انکار کرنے سے شرما رہی تھی، میں نے سوچا کہ جو کچھ میں جانتی ہوں انھیں سنانا چاہیے اس لیے میں نے پوچھا، "کونسا گانا گاؤں۔"

"صاحب! جو آپ کی خوشی ہو گاؤ، میں کیا کہوں۔"

اس جواب سے میرا دل بیٹھ گیا، مگر میں نے پھر ہمت کر کے کہا، "میں (Bulbul and the Rose) سناتی ہوں۔"

یہ کہہ کے میں نے پیانو کے نوٹ پر نظر گاڑ کر، بجانا شروع کیا۔ پیانو سے ایک درد انگیز فریاد (یاد ہے، یہ مس میری کے الفاظ ہیں، وہ اس راگ کے بجانے کے وقت کہا

کرتی تھیں کہ پیانو سے (Plaintive Cry نکلتی ہے) نکلنا شروع ہوئی اور میں اس میں محو ہو گئی، غیاث الدین (میرے خاوند غیاث الدولہ، غیاث الملک کا یہ نام ہے، معاف کرنا بھول گئی، میں اب انٹروڈیوس کرتی ہوں) کچھ دیر تک پیانو کے قریب آکر کھڑے رہے، پھر آنکھیں اس طرح کھول دیں، گویا پیانو کے شور سے گھبرا رہے ہیں، لیکن سننے کی وضع قائم رکھی، دو ایک منٹ سنا بھی، آخر اس حالت میں نہ رہا گیا، بیٹھے، اٹھے، پھر بیٹھے، پھر اٹھے، ایک سگریٹ جلایا، پھر آہستہ آہستہ کمرے میں ٹہلنا شروع کیا۔ میں نے جب دیکھا تو راگ کے پہلے ٹکڑے کو تو خواہ نخواہ پورا کیا، اور آخری الفاظ کے لیے پردوں پر نہایت زور سے انگلی مار کر ختم کیا، ختم ہوتے ہی فرمایا، "ماشاءاللہ، بہت خوب، لیکن اب سونا چاہیے"، کیا دل شکن داد ہے، اے بیداد! وہ یہ داد دے کر کپڑے بدلنے کے لیے چلے گئے اور وہاں سے بلی کی خرخر کی طرح یہ آواز آنے لگی۔

میں قربان زلفوں کے لٹکانے والے
مرے دل کو گلیوں میں بھٹکانے والے

اور میری نظروں میں یہ تصویر پھر گئی کہ مس میری اور دیگز کو مداری لال نے کیچڑ میں پھینک دیا ہے، اور خود خشکی پر کھڑا ہوا زور زور سے قہقہہ لگا رہا ہے۔

سلما جانی! ذرا خیال کرنے کا مقام ہے۔ میں کہ دیوانہ وار ہوس کے ساتھ موسیقی کی عاشق ہوں اور سات آٹھ برس سے اسے سیکھ رہی ہوں، ہندوستانی راگ کتنے جانتی ہوں؟ مولانا حالی کا

"اے خاصہ خاصان رسل وقت دعا ہے"

اور غلام احمد خاں احمدی کا۔

"آہمت مردانہ جگر میں تری جا ہے

توہو مرے ہمراہ تو پرواہ مجھے کیا ہے
مت آنکھ چرا مجھ سے اگر شرط وفا ہے
سایہ ترے شہ پر کا بہ از بال ہما ہے"

یا شادیا مولانا محمد اسماعیل میرٹھی کی اور ایک آدھ نظم، جسے مس میری نے بدقت تمام اجازت دی تھی کہ ہم لوگ یاد کرلیں اور پیانو یا ہارمونیم پر بجائیں کیونکہ وہ کہا کرتی تھیں کہ ہندوستانی راگ یاد کرنے سے تمہارا انگریزی مذاق بگڑ جائیگا۔

وہ ہیں کہ رات دن ہندی راگوں میں محو ہیں اب بنے تو کیسے بنے لطف تو جب آتا ہے، جب میں خیال میں مستغرق ہو کر اولڈ لینگ سائین (Old Lang Syne) گانے لگتی ہوں تو وہ فوراً کوئی گیت شروع کردیتے ہیں، جس میں ہجر، وفا، وصل، زخم، تیر یا سانولیا، رسیا، جوبن، سیان، پیان وغیرہ لفظوں کی بھرمار ہوتی ہے۔ نہ وہ میری کہی کو سنتے ہیں، نہ میں ان کی کہی کو سمجھتی ہوں، کمرہ منارہ بابل ہو جاتا ہے، ایسے وقت میں اگر کہیں دردانہ خانم (یہ ایک ایرانی ماما ہے جسے والد ماجد کربلائے عملی کی زیارت سے واپسی کے وقت اپنے ساتھ لائے تھے اور جس نے مجھے پالا ہے) کمرے میں آگئی اور اس نے مجھ سے فارسی میں باتیں کرنی شروع کردیں، تو غیاث کا چہرہ پر غضب ہو جاتا ہے، آنکھیں انگارا ہو جاتی ہیں۔ ایک دن تو برس پڑے۔ میں لکھنے کی میز پر بیٹھی تھی، پیاس معلوم ہوئی تو میں نے درادانہ خانم کو آواز دی، اس نے سنا نہیں، مجھے غصہ آگیا، تو میں پوری آواز سے چلائی،

"چاریک ساعت است، متصل صدا میکنم، کسے ملتفت نمی شود، پنبہ در گوش کردند مگر۔"

وہ نہ معلوم کب کے بھرے بیٹھے تھے، کہ دوسرے کمرے سے برس پڑے، کہنے لگے۔

"یا اللہ ہمارے کو سمجھ میں نہیں آتا، اپن طہران میں ہیں کہ لندن میں، اتنا ہم کو سمجھ میں آتا ہے کہ ہندوستان میں نہیں ہوں۔"

میں چپ ہو گئی اور سخت نادم ہوئی، مگر میرا قصور کیا تھا، خیر مگر آیندہ سے میں ان کے سامنے دردانہ خانم سے کبھی کسی کام کو نہیں کہتی ہوں۔

ایک دن خود لہر میں جو آئے تو دردانہ خانم سے فارسی میں گفتگو فرمانے لگے، مگر فارسی کے گلے پر وہ کند چھری پھیری کہ مجھ سے دیکھا نہ گیا اور میں اٹھ کے دوسرے کمرے میں چلی گئی۔

سلما! سلما! آ میرے حال زار کو دیکھ! کھانے کے بعد متواتر زور سے ڈکار لینے والے آدمی کے ساتھ زندگی بسر کر رہی ہوں، کل جو خیال آیا تو دن بھر رویا کی، پیٹ پر ہاتھ پھیر کر "عا، عا" اونٹ کی طرح ڈکار لینا! اف، غضب، غضب، یہ میں سوائے تمھارے کسی کو نہیں لکھ سکتی اور اگر تم نے کوئی تدبیر نہ بتائی، تو تمہاری عذرا گھل گھل کر مر جائے گی۔۔۔

ایک دن نہ معلوم کس طرح ادبیات کا ذکر آگیا، پوچھنے لگے۔ تمہارے کو اردو کا کونسا شاعر اچھا معلوم ہوتا ہے؟ یہ ایسا بیڈھب سوال تھا کہ میں بہت گھبرائی، صاف یوں ہے کہ میں نے اردو کی ادبیات سے بہت ہی کم فائدہ اٹھایا ہے، میں تو یہی سنا کرتی تھی کہ اردو کی ادبیات بہت خراب ہیں، اخلاق بگاڑتی ہیں، مدرسے میں سوائے مولانا حالی کے (کہ ان کا بھی کلام نہایت مختصر اور منتخب پڑھایا جاتا تھا) اور کسی شاعر کا نام سنا نہیں بس میں نے بغیر اس خیال کے کہ دوسرے شاعروں سے مقابلہ کیا نہیں، یہ کہہ دیا۔

"مولانا حالی کو"

"حالی کو پسند کرنے کی وجہ؟"

سمجھیں؟ یعنی وہ ہمہ تن سوال تھے، اور میں ہمہ تن استعجاب؟ اور اس طرح ایک

دوسرے کو دیکھ رہے تھے۔

میرے پاس کیا جواب تھا کہ میں دیتی۔

آخر کہنے لگے، "میں حالی کو تو کچھ بھی نہیں پسند کرتا، ہم قافیہ نثر لکھتے ہیں۔ میرے کو "پیام یار" میں غزلیں لکھنے والے سب پسند ہیں اور داغ کے کلام کا تو کیا کہنا، واہ واہ سب سے اچھا ہے، کیا ہجر، کیا وصل کی تصویریں ہیں، کیا معاملہ ہے، کیا چوچلا، آغا شاعر بھی بہت اچھا ہے۔"

پھر کہنے لگے، "یہ کیا بات ہے تم مدرسے میں پڑھی ہو؟ لیکن داغ کو نہیں جانتیں۔"

اس پر مجھے بھی غصہ آگیا، اور میں نے جواب دیا، "بیشک! لیکن آپ بھی تو شیکسپیئر اور ملٹن سے واقف نہیں۔"

انھوں نے تڑپ کر جواب دیا "میں انگریز ہوتا تو بیشک واقف ہوتا۔" بس اس پر ہم دونوں چپ ہوگئے، میرے ہونٹوں کو داغ نے سی دیا، ان کے ہونٹوں پر ملٹن نے مہر سکوت لگادی۔

غرض یوں بسر ہوتی ہے، میں تو سمجھتی ہوں کہ کسی غیر ملک باشندے کے ساتھ میری شادی ہوئی ہے، وہ سمجھتے ہیں کہ انھیں ہندوستانی بی بی نہیں ملی۔

ابا جان کی بے پروائی سے تم واقف نہیں۔ عجب بے پروا آدمی ہیں۔ اماں جانی نمایش پرست، دولت پرست ہیں۔ میں یہاں کیوں بیاہی گئی؟ اس سوال کے جواب کی غالباً اب ضرورت نہ رہی ہوگی۔

اس شادی پر جب کبھی غور کرتی ہوں تو مجھے یقین ہو جاتا ہے کہ میں کنوئیں میں دھکیل دی گئی، اور ماں نے مجھے کنوئیں میں دھکیلا، پہلے یہ ارادہ کرلیا کہ مجھے کنوئیں میں

دھکیلیں گی اور پھر پہلا موقعہ جو انھیں ہاتھ آیا اسے نہ جانے دیا اور میری پیٹھ پر ایسے زور سے دھکا مارا کہ میں سر کے بل اندر گر پڑی، زندگی کچھ نہیں؟ ہاں بیشک، مگر زندگی سب کچھ ہے؟ اس کے لیے بھی ہاں بیشک، بات یہ ہے کہ میں اب عقل ہی نہیں رکھتی کہ کسی چیز میں ٹھیک محاکمہ کر سکوں۔

کیا عجب بات ہے، میری سلما! عجیب بات ہے کہ جس شخص کی قابلیت، حالت تربیت ایسی ہو کہ وہ کہا جا سکے کہ یہ دنیا میں ضرور خوش قسمت اور خوش حال رہیگا۔ وہی بدبخت، ناکام، ناشاد رہتا ہے اور آخر عمر میں اس نتیجہ کو پہنچتا ہے کہ دنیا میں خوبی، امید وسعادت نہیں ہے، برخلاف اس کے، وہ جو ہر طرح سے ناقص ہے، ناکارہ ہے۔ بے علم ہے، وہ خوش قسمت رہتا ہے۔ اپنی زندگی میں کامران، شادمان اور ہر طرح کی خوبی اس کے لیے دوڑی ہوئی آتی ہے. مثلاً میں خدا کے فضل سے اچھے گھر میں پیدا ہوئی، اچھی طرح پلی، تعلیم پائی! بیاہی گئی تو سب کہتے تھے کہ کیا قسمت ہے، واہ ایسا بڑا گھرانا، ایسی بڑی ثروت، ایسی بڑی دولت یہ لڑکی بہت خوش رہے گی۔" لیکن میں اسی حسرت میں مر رہی ہوں کہ کاش غیاث نے میری طرح اعلی تعلیم و تربیت حاصل کی ہوتی، لیکن وہ ہیں کہ شام کو نوکروں پر گالیوں کی بوچھاڑ، ناٹک کے گانوں کے عاشق زار، گھوڑ دوڑ کے اور اس میں جوا کھیلنے کے دلدادہ، یہ حالت دیکھ کر تمام امیدوں کا خون ہو جاتا ہے۔

میں خوش قسمت ہوں یا بد قسمت؟ تمھیں ان تین مہینے کے واقعات میں جو میں نے تمھیں لکھے ہیں پڑھ کر بتاؤ اور یہ بھی بتاؤ کہ میں کیا کروں کس راستے پر چلوں اسے اپنے راستہ پر لاؤں یا اس دیو پر اپنی جان ضائع کر دوں۔

بعض لحاظ سے دیکھا جائے تو میرا خاوند برا نہیں، نہایت امیر ہے اور چونکہ اس کے والد کا انتقال ہو چکا ہے اس لیے کل دولت کا خود ہی مالک ہے۔ حیدرآباد کے مدرسے میں

کچھ دن گزارے ہیں اس لیے پڑھ لکھ بھی سکتا ہے، اس کی شکل کی کیفت شاید میں اوپر لکھ چکی ہوں، ویسے بھی تم نے اس خط سے اس کی تصویر ذہن میں کھینچ لی ہو گی، سراپا صحت ہے، اس قدر قوی کہ پہلوان معلوم ہوتا ہے، آواز بھاری گویا ہاتھی پانی پی رہا ہے، بال موٹے موٹے بڑی بڑی موچھیں، چوڑی چوڑی بھویں، باہر کو نکلی ہوئی بڑی بڑی آنکھیں سیاہ اور چمکیلی اور خوفناک اس کے جسم و طبیعت کی تمام ہیئت مادی ان آنکھوں میں جمع ہو گئی، دن کو جب وہ باہر چلا جاتا ہے تو بھی میں ڈر ڈر کے نفرت کر کر کے ان آنکھوں کا خیال کیا کرتی ہوں، جو مجھے گھورتی ہوئی نظر آتی ہیں۔ کیونکہ غیاث مجھے بے انتہا بیتابی کے ساتھ چاہتا ہے اور اس محبت سے مجھے وحشت ہوتی ہے تم جانتی ہو کہ مجھے انسان کے کل اعضا میں آنکھیں بہت پسند ہیں، خدا نے اچھی آنکھیں کچھ عجب شے بنائی ہیں، لیکن اس کو دیکھیے کہ آنکھیں ہی مجھے نفرت اور خوف دلا رہی ہیں۔

یہ آنکھیں، یہ ڈکار، یہ آواز، یہ "دونوں ہاتھوں میں مہندی لگالے پری" کا عشق، کچھ نہیں سوجھتا کہ کہاں پناہ لوں۔

اب ان کی طبیعت کا حال سنئے، نچلا خاموش کبھی بیٹھا ہی نہیں جاتا، ہر بات میں دخل در معقولات کی بے انتہا شوق ہے۔ سیاہ ابر کی طرح گھر پر چھایا ہوا معلوم ہوتا ہے، بے انتہا باتونی، مگر شاید میں دسویں حصے کو بھی کان دھر کر نہیں سنتی، کیا عمر بھر یوں ہی زندگی گذرے گی؟ میں اس بوجھ کو یوں ہی اٹھاؤں گی۔ میں ایسے خاوند کی تو تمنا نہ رکھتی تھی، ایسا خاوند نہ چاہتی تھی، مگر انسان جو نہیں چاہتا وہی اسے ملتا ہے۔

ممکن ہے کہ میرا جسم اس کے جسم سے نفرت نہ کرے مگر میں تمھیں یقین دلاتی ہوں کہ میری روح، میری طبیعت، اس کی روح، اس کی طبیعت سے ہمیشہ ہمیشہ اور پوری پوری نفرت کرے گی۔ باقی تم سے ملنے اور تمھیں ہزار بار چومنے اور زبانی دردِ دل سنانے

کی تمنا۔

تمہاری

عذرا

***

۴

جواب

راولپنڈی ۳۰ اکتوبر ۱۹۲۵

میری شریر عذرا! تم نے اپنے خط میں عقل والی عورت بننے کو شش تو بہت کی لیکن ہر سطر سے صاف ٹپک رہا ہے کہ تم وہی شریر عذرا ہو۔

سب سے اول شادی کی دلی مبارکباد دیتی ہوں، یقین مانو، میں اپنی عمر کی چند برس اس بات پر فدا کرنے کو تیار ہوں کہ تمھارے سرخ رخساروں کو جن پر تمھارے سیاہ بال آپڑے ہوں، دیکھوں، ان رخساروں کو نہیں جو مدرسے میں تھے بلکہ ان رخساروں کو جنھیں ہوائے تاہل نے اور دمکادیا ہو گا، آہ! پیاری عذرا تمھیں چومنے، دیوانہ وار چومنے کی اور تم سے چومے جانے کی تمنا رکھتی ہوں، لو میں نے کاغذ پر اس جگہ ( ) کو چوما ہے اور میں خیال کرتی ہوں کہ میری روح محبت کا ایک ٹکڑا اس جگہ چپک کر رہ گیا ہو گا، اس مقام کو تم بھی چومنا تاکہ اس طرح سے میرے ہونٹ تمھارے ہونٹوں سے ایک جگہ ملیں اور میری روح کو مسرت پہنچے۔

تم نے اپنے خط میں کیا کیا لکھ ڈالا ہے۔ تمھارے خیالات نے (معاف کرنا بعض ان میں سے پراگندہ ہیں) تو مجھے حیرت میں ڈال دیا تم نے خذف اور الماس کو خوب ملایا ہے۔

تمھارا خط پڑھتے وقت میں کسی قدر ہنستی ہوں۔ میری شوخ، شاطر عذرا! اسی

پھڑک، اسی بھڑک، اسی چنچل پن سے میری آنکھوں میں پھر گئی، وہی عذرا جو اپنی شرارتوں اور ہٹوں سے کبھی مجھے غصہ دلا دیا کرتی تھی اور کبھی بے تحاشا ہنسا دیا کرتی تھی۔

لیکن یہ نہ سمجھنا کہ میں صرف ہنسی ہی ہنسی یا میں تمھارے خط کو لا ابالی تحریر سمجھی نہیں۔ مجھے اس خط سے یہ بھی معلوم ہوا کہ تم نے حقیقت میں اپنا درد دل لکھا ہے اور اس لیے میں نے تمھاری تحریر پر جدا نظر ڈالی اور کئی دن تک اسی کے متعلق سوچتی رہی، تمھاری اور اپنی حالت کا موازنہ کرتی رہی میری اور تمھاری تربیت میں بہت ہی کم فرق ہے، ہم دونوں نے ایک ہی مدرسہ میں تعلیم پائی، لیکن ہاں چونکہ میرے والد خود شاعر اور اردو کے بڑے حامی اور دلدادہ تھے اس لیے کچھ ان کی کوشش سے، کچھ اپنے شوق سے مجھے اردو میں تم سے زیادہ مصروفیت رہی اور یہی وجہ ہے کہ انگریزی تو تمھارے برابر نہیں جانتی مگر اردو ضرور تم سے زیادہ جانتی ہوں، بولنے میں نہیں کیونکہ تمھاری رواں اور پیاری زبان بھی دلی کی کہاں سے لاؤں، ہاں لکھنے میں کیوں کہ والد کے مضامین اور ان کے کتب خانے کی کتابیں اکثر پڑھتی رہی ہوں اس لیے طبیعت تحریر کی اردو سے آشنا ہو گئی۔ پیانو، موسیقی، نقاشی اس میں ہم دونوں برابر ہیں، پھر بیاہ کا زمانہ آیا، قسمت نے بیاہ کے قرعہ میں میرے نام کے ساتھ ولایت کے پاس شدہ انجینئر مسٹر حامد کا نام نکال دیا، تمھارے نام کے ساتھ نواب غیاث الدین کی چٹھی نکلی اور ہمارے ماں باپوں نے ہمیں اپنی آغوش سے جدا کر کے ان لوگوں کے پہلو میں پھینک دیا۔

دل چاہتا ہے کہ اس مسئلہ ازدواج پر کچھ تھوڑا سا وعظ کہوں، پہلے بیاہ شادیوں میں کیا دیکھا جاتا تھا، یہی کہ بر ہم کف ہے یا نہیں، ایک برادری کا ہے یا نہیں، اس کف اور برادری پر سب چیزیں قربان کر دی جاتی تھیں۔ پھر اصلاح ہوئی، کف کا خیال ترک کر دیا گیا، تعلیم کا زور ہوا، "بر، تعلیم یافتہ ہونا چاہیے، تعلیم یافتہ ہونا چاہیے" کا شور بلند ہوا،

تھوڑے دنوں کے بعد اخلاق کی بھی چھان بین ہونے لگی، بس یہاں پہنچ کے اصلاح رخصت ہوئی، گویا اب کوئی کام باقی نہیں رہا، لیکن مجھ سے پوچھو تو کوئی کام ہوا ہی نہیں، اصلی اصلاح تو جب ہے، جب لڑکے لڑکی کے مزاج اور طبیعت کی مناسبت کی پوری پوری چھان بین کی جائے۔ خاوند اور بیوی دوہرے کپڑے کی ابری، استر ہیں ابری، استر کے رنگ کی مناسبت کا کتنا خیال کیا جاتا ہے، یہ نہیں کہ دونوں ایک ہی رنگ کے ہوتے ہوں، نہیں ایک رنگی میں کوئی زینت نہیں، خیال یہ کیا جاتا ہے کہ ایک رنگ دوسرے سے جوڑ کھاتا ہو۔

بس اسی طرح، لڑکے لڑکی کے مزاج کا خیال لازمی ہے، امتزاج کے اسباب موجود ہیں یا نہیں، طبیعتوں میں ایسا بین تضاد تو نہیں کہ میل کھانا مشکل ہو، میرے نزدیک تو سب سے زیادہ اہم یہ سوال ہیں، حسن و جمال، مال دولت، تعلیم و تربیت سب کو میں دوسرے درجہ پر رکھتی ہوں۔

شاید تمھاری طبیعت اس وعظ سے گھبراتی ہوگی میں معافی چاہتی ہوں میں اس بحث کو ترک کیے دیتی ہوں۔ مگر کیسے ترک کروں، آنکھوں سے دیکھ رہی ہوں کہ تم جسے میں ہمیشہ کہا کرتی تھی کہ مزاج میں سنجیدگی نہیں، الھڑ ہے اور میں جسے تم ہمیشہ خیال پرست (Sentimental) شاعر مزاج کہا کرتی تھیں، ہم دونوں ایسے خاوندوں کے پالے پڑے کہ ان لوگوں کے ساتھ شادی نہ ہوئی ہوتی تو چاہے یہ بھائی ہی ہوتے۔ ہم ان کے پاس دس منٹ بیٹھنے سے گھبراتے اور شاید وہ لوگ ہمارے لیے ایسا ہی خیال رکھتے ہوں گے۔ یہ عدالت ہے، یہ انصاف ہے؟ کہو "ہاں" سوائے اس کے اور کچھ کہنا منع ہے، لیکن اس تضاد کا سبب کون ہے؟ ان خرابیوں کا جواب دہ کس کو قرار دینا چاہیے؟ میں تو بلا پس و پیش کہتی ہوں، ہمارے ماں باپوں کو۔

اگرچہ خط لمبا کر کے تمھیں پریشان کروں گی لیکن میں بھی تمھیں اپنی زندگی کا مرقع دکھاتی ہوں، مسٹر حامد کیسے آدمی ہیں؟ ان کے حسیات اور خیالات کیا ہیں؟ افکار کیا ہیں؟ ان کے حسیات اور خیالات یہ ہیں، (٠ ×٠ =٠)

آہ تم ایسا خاوند چاہتی تھیں، جو رات دن تمھارے ساتھ ہنسا کرے، تمھارے کھیلوں میں شریک ہوا کرے، مجھے ایسے شوہر کی تمنا تھی، جو کسی باز کے پنجہ میں پھنسی ہوئی چڑیا یا کسی پژمردہ گل کو دیکھ کر میرے ساتھ روئے، میرے ساتھ ہر دم عالم خیال میں رہے۔

حال یہ ہے کہ مسٹر حامد، جب رات کو گھر میں تشریف لاتے ہیں تو اس خوف سے کہ کہیں ان کی نیند نہ اڑ جائے، میری باتوں کا جواب بھی نہیں دیتے، (اگر کسی دن تعطیل کے ایام ہیں) گھر میں کچھ ٹھہرے بھی اور میں ان کی خاطر کچھ بجانا شروع کیا تو وہ فوراً آرام کرسی پر بیٹھ کر سونا شروع کر دیتے ہیں، ان کے اوقات کا نقشہ تمھیں لکھتی ہوں۔

سونا۔۔۔۹ گھنٹے

سرکاری کام۔۔۔۷ گھنٹے

سیر و تفریح و ریاضت۔۔۔۶ گھنٹے

گھر میں۔۔۔۲ گھنٹے

میزان ۲۴

ذرا دیکھنا؟ ۲۴ گھنٹوں میں دو گھنٹے مجھے دیتے ہیں کہ اس حساب سے سال بھر میں میری ان کی ملاقات صرف ایک مہینے ہوتی ہے، لیکن یہ یاد رہے کہ ان دو گھنٹوں میں گھر کے معاملات بچوں کا دیکھنا بھی شامل ہے، غرض کہ مسٹر انجینئر نے یہ حساب پورا پورا بنا رکھا ہے اور اس پر بہت باقاعدہ عمل ہوتا ہے۔

عذرا! تمھیں بھی قسم ہے، اس تقسیم اوقات کے متعلق ذرا اپنی رائے دینا۔

گھر کے تمام انتظامات اور معاملات میرے متعلق ہیں، خانہ داری کے متعلق وہ کسی چیز میں پھنسنا نہیں چاہتے ہیں، جو چاہوں کروں، مجھے پوری آزادی ہے، بچوں کو پالوں یا مارڈالوں، گھر تبدیل کردوں، اسباب بیچ ڈالوں اور خریدلوں، نوکروں کو مقرر کروں، برخاست کروں غرض کہ جو چاہوں کروں، مختار ہوں۔

وہ گھر کو ہوٹل سمجھتے ہیں اور کھانے پینے اور سونے کے لیے یہاں آتے ہیں ان تین باتوں کے انتظام میں وہ دخل نہیں چاہتے، اگر میں بیمار بھی پڑ جاؤں تو ان کے مقررہ اوقات میں فرق نہیں پڑتا، خود طبیعت ناساز ہو تو ظاہر ہے کہ اس دستورالعمل میں تبدیلی ہو جاتی ہے۔

کم سخنی کا وہ عالم ہے کہ بات ان کے وہاں موزوں سے اول تو کم نکلتی ہے اور جب نکلتی ہے تو تل تل کے رتی رتی نکلتی ہے۔ میری تعلیم و تربیت معمولی تعلیم و تربیت نہ تھی، مدرسے کے علاوہ گھر پر بھی مجھ پر تربیت کی بوچھاڑ رہی، گورنس اور کیا، اور کیا، سب سے گھری رہی، پھر دلہن بنی اور ایسے شخص کو سونپی گئی جو بڑا تعلیم یافتہ، سات سمندر پار سے پڑھ کے آیا تھا اور اللہ کن کن امیدوں کے ساتھ میں اپنے خاوند کے پاس پہنچ گئی۔ پہنچی تو عالم کچھ اور ہی پایا۔ کیا عالم امید اور عالم حقیقت، عالم خیالی اور عالم اصلی میں ہمیشہ اتنا فرق ہوتا ہے؟

حامد نے تمھارے خاوند کی طرح ہر دم میرے ساتھ رہنے سے مجھے پریشان نہیں کیا، بلکہ وہ آزادی دی، جس سے میرے حق میں بے پروائی کی بو نکلتی تھی۔

تم جانتی ہو میں ایسی بدشکل تو نہیں، میری ملاقاتیں اور آئینہ اس کی شہادت دیتے ہیں، جب یہ بات ہے تو کیوں میں اپنی تعلیم و تربیت و حسن کے شایاں باکمال عفت زندگی

بسر نہ کروں، کیوں میری قسمت میں یہ بے پروائی لکھی ہوئی ہے؟ اسے سوچتے سوچتے میں کبھی چلا اٹھتی، "اگر یہی بے پروائی ہے تو میں بھی ناولوں کی سی زندگی شروع کیوں نہ کر ودوں۔" یہ شخص جو میری تحقیر کرتا ہے اس کا جواب تحقیر سے دوں، میری معنویات اور میری مادیات میرا بازو پکڑتے تھے اور ایک اپنی طرف کھینچتی اور دوسری اپنی طرف، آدھی رات تک اپنے خاوند کا انتظار کرتے اپنی لڑکی کو تھپکاتی ہوئی، اسی کشمکش میں رہا کرتی تھی۔ میں سوچتی تھی، کہ میں اپنے خاوند کی اسیر، اس کی باندی ہو سکتی ہوں مگر اس کی طرف سے باندی کرنے کی کوشش تو دیکھوں وہ کیا؟ فداکاری، محبت، مگر اس کا وہاں نام و نشان نہیں تھا، شاید میں نے پڑھا لکھا نہ ہوتا تو یہ خیالات میرے ذہن میں نہ آتے، شاید میری نظر سطحی ہوتی اور اس لیے میں زیادہ متحمل، زیادہ صابر ہوتی، شاید میرے ذہن میں نہ آتا کہ حقارت کا مقابلہ حقارت سے کیا جا سکتا ہے، شاید میں یہ بھی نہ سمجھتی کہ میری حقارت کی جارہی ہے (مگر نہیں تعلیم نہ پاتی تو اور بھی زیادہ وحشی ہوتی، سوچنے، موازنہ کرنے اور طبعیت کو روکنے کا مادہ نہ ہوتا۔)

ایک روز ایک عورت اپنا دکھڑا سنا رہی تھی، میں نے ہمدردی کے طریقہ سے کہا، "صبر کرو، صبر اچھی چیز ہے"، وہ شکایت آمیز آواز سے کہنے لگی، "بیشک، صبر، مگر صبر کے بعد قبر"، سوچتی ہوں تو اسے صحیح پاتی ہوں، انسان دو مرتبہ دنیا میں نہیں آتا، شباب عود نہیں کرتا، فرض کرو کہ یہ بے اعتنائی میری طرف سے ہوتی تو کیا انہیں شکایت کا موقع نہ ہوتا۔

"یہ باتیں تمھیں لکھ رہی تھی، کہ میری چھوٹی لڑکی جمیلہ دوڑی دوڑی میرے پاس آئی اور اپنی پیاری پیاری، ننھی ننھی آواز سے کہنے لگی۔ اماں جان! آج تم نے مجھے چوما نہیں" اور یہ کہہ کے کرسی پر چڑھ کر میری گود میں آبیٹھی، اور اس نے تمام میری دل کی

جراحتوں پر مرہم کا کام دیا۔ عذرا! پیاری، خدا تمھیں بھی بال بچہ دے، اولاد بڑی نعمت ہے، ساری دنیا کے غم اس کے سامنے بھاگ جاتے ہیں، اپنی بچیوں کو دیکھ کر یہ زندان، مجھے بہشت معلوم ہوتا ہے، یا میں اپنے تئیں ایک باغ تصور کرتی ہوں، جس میں یہ پھول کھل رہے ہیں، جوں جوں پھول کھلتے ہیں، باغ کی مسرت بڑھتی جاتی ہے۔

پیاری عذرا، میں دیکھتی ہوں کہ علم میں میرا خاوند چاہے مجھ سے بڑھ کر ہو چاہے میرے برابر، ایک بات میں تو قطعی طور پر میں اس سے بڑھی ہوئی ہوں اور وہ بات محبت اور شفقت ہے میں اپنی بچیوں کو چومتے وقت اپنی محرومیت اور بد نصیبی سب بھول جاتی ہوں، حامد میں شفقت اور محبت کا نشان تک نہیں۔ اس نے نہ اقلیدس میں اسے پڑھا، نہ جبر مقالہ میں اس لفظ کو دیکھا، آج ان لڑکیوں کو لے کر چلی جاؤں، تو اگر میری ضرورت اسے نہ ہو تو کبھی بھول کر بھی لڑکیوں کا خیال نہ کرے میں نے ابھی کہا تھا کہ یہ حس شفقت میرے لیے اپنے خاوند پر تفوق کا باعث ہے لیکن غور سے دیکھو تو یہی تفوق میری اور کل عورتوں کی ذلت کا باعث ہوتا ہے۔

حامد کو گھر میں اگر کسی چیز سے دلچسپی ہے تو اس سے کہ لڑکیوں کو نقشہ کشی سکھائے، کسی دن تعطیل کا پورا دن اس میں صرف ہو جاتا ہے، بڑی لڑکی سعیدہ ابھی سال بھر ہوا علی گڑھ مدرسہ نسواں میں بھیج دی گئی، وہاں لوگوں نے اس کی نقشہ کشی اور مصوری کی لیاقت دیکھ کر بہت تعجب کیا۔ کبھی دونوں لڑکیوں کو ساتھ لے جا کر انھیں بائیسکل پر چڑھنا سکھاتے ہیں۔

میں دعا کرتی ہوں ان دونوں لڑکیوں کی قسمت میری سی نہ ہو۔ یہ تصویر کھینچنے والی، بائیسکل پر سوار ہونے والی لڑکیاں سا کن ورا کدا اور ٹھوس طبیعت والے خاندان کے پالے نہ پڑیں۔

بارہ برس سے میں حامد کی بی بی ہوں، مجھے تو یاد نہیں پڑتا مکانوں کے نقشے اور کھیلنے کے تاش کے علاوہ کوئی کاغذ میں نے ان کے ہاتھ میں دیکھا ہو، نقشے کھینچنا ایک تاش کھیلنا، دو یہ ان کے شغل ہیں، کبھی کوئی بحث، کبھی کوئی بات، جس سے دل میں حرکت، دماغ میں چمک پیدا ہو، میں نے ان سے نہیں سنی، ان سے ملنے دوست بھی آتے ہیں تو چپکے چپکے تاش کھیل کے چلے جاتے ہیں۔ دنیا میں انھیں کسی چیز کے متعلق جوش نہیں آتا۔ ان دو مشغلوں کے علاوہ دنیا کے کسی واقعہ کا ان کے دماغ میں گزر نہیں ہوتا، ان کھیلوں، ان شغلوں کو بھی مقررہ اوقات میں کرتے ہیں، غرضیکہ ان کا فلسفہ حیات دنیا میں نباتات کی طرح خاموش زندگی بسر کرنا ہے، ہاں یہ ظاہر کرنے کے لیے کہ زندہ ہیں، کبھی کبھی تاش کھیل لینا ہے۔

وہ دن نہ بھولونگی، کئی برس ہوئے، اس سکوت مطلق سے عاجز آکر میں ایک دن ان سے خوب لڑی، اس طرح۔

"اس ٹھہرے پانی جیسی زندگی سے تو میں اکتا گئی، خدا کے لیے کچھ حرکت کرو، کوئی بات کہو اور نہ سہی مجھ سے لڑو، شور مچاؤ، مجھے معلوم تو ہو کہ تمھاری رگوں میں خون دوڑتا ہے اور میں ایک مرد کی رفیقہ ہوں، جاؤ کسی بیگانی عورت سے محبت کرو، تاکہ اس حالت کو دیکھوں اور اسی طرح اس یک رنگ، یک آہنگ زندگی میں کچھ فرق آئے، ورنہ یہ مکان قبرستان سے بدتر ہو رہا ہے۔ یہ موت جیسی زندگی کب تک رہے گی، اچھا یہ نہیں تو آؤ مجھے مارو، میرے بال نوچو، آؤ کچھ تو کرو، میں کیا کیا تمھیں سنا رہی ہوں، سنتے ہو، سمجھتے ہو، کہ نہیں۔۔۔"

میں اس چیخنے چلانے سے تھک کر چپ ہو رہی، مگر ان کی طرف سے کوئی جواب نہ تھا، استہزاء، نہ غصہ، نہ حدت۔ کہا تو یہ کہا (وہ بھی نہایت آہستہ سے) "ذرا میرا کوٹ

لا دیجیے جمیل کے ہاں جانا ہے، ان سے آج تاش کھیلنے کا وعدہ کیا تھا۔" یہ کہہ کر باہر چلے گئے۔ میں کرسی پر گر پڑی اور بڑی دیر تک رویا کی۔

ساتھ اس کے یہ خیال رہے، وہ میری کسی طرح کھلی کھلی تحقیر، تذلیل نہیں کرتے، کبھی "تم" کا لفظ میں نے ان کی زبان سے نہیں سنا، ہمیشہ "آپ" کا استعمال کرتے ہیں، نہایت عزت اور احترام کا برتاؤ کرتے ہیں۔

لیکن یہ احترام کچھ مخصوص احترام نہیں، طبیعت کی افتاد اسی طرح ہوئی ہے، گویا ایک کل کا آدمی ہے جسے اسی طرح کی کوک ملی ہے اور اس کوک کے مطابق چل رہا ہے۔

باہر والے ہمیں سمجھیں گے کہ ہماری زندگی بڑی اچھی اور قابل رشک زندگی ہے لیکن اگر اس پوشیدہ حقیقت کو دیکھیں تو۔۔۔

"پیاری عذرا! تم نے اپنے خاوند کے حالات میں لکھا ہے، خاموش نہیں بیٹھا جاتا، ہر بات میں دخل دیتا ہے، حرص بھری نظروں سے مجھے دیکھتا ہے، وغیرہ وغیرہ" میں اس کے جواب میں تمھیں مبارکباد دیتی ہوں، اس کی لالچی نظریں، غرور نسوانی کے لیے غذا ہیں، میں تم سے کہتی ہوں، خوشی خوشی زندگی بسر کرو تمھاری اور تمھارے خاوند کی تربیت میں اختلاف ہے مزاج میں تھوڑا سا اختلاف ہے، مگر نہ اتنا کہ کوشش کر کے ایک دوسرے کے موافق نہ ہو جائے۔ پس اس کے ساتھ ہنسی خوشی بسر کرو، تمھارے خاوند کی ایک زندگی تو ہے، کچھ پرواہ نہیں اگر وہ شور مچاتا ہے، ڈکار لیتا ہے، ناٹک کے گانے گاتا ہے، یہ باتیں اس قدر تحمل فرسا نہیں جیسی میرے گھر کی بے حرکت بے مآل زندگی۔ میں ان احترامات کی کیسی برداشت کروں۔ تمھیں یاد ہو گا شادی سے پہلے میں کہا کرتی تھی کہ میں اپنے خاوند پر حکم کیا کرونگی اس کی آمر و مجبر ہونگی، لیکن اب دیکھو میرے تمام خیالات بدل گئے۔ میں چاہتی ہوں وہ میرا احترام نہ کرے نہ کرے لیکن مجھ سے اپنا

احترام کرائے، اور دل میں ایسا گھر کرلے کہ چاہے مجھے اذیتیں دے لیکن میں اس کی مطلوب مشتاق رہوں ان اذیتوں سے لذت اٹھاؤں۔۔۔

اف! سنسان، بے صدا جینا کچھ نہیں، اردو کا شیکسپیئر، غالب، کیا صحیح کہہ گیا ہے۔

ایک ہنگامہ پہ موقوف ہے گھر کی رونق
نوحہ غم ہی سہی، نغمہ شادی نہ سہی

سکوں کی خواہش ہے تو اس کے لیے قبر موجود ہے۔ مرنے سے کوئی روکتا نہیں، یہ سمجھ لو کہ فکر کی لذت، خیال کی لذت، شور و شغب کی لذت سے بڑھ کر ہے، مگر نہ حس نہ حرکت، نہ عالم خیال میں میرے ساتھ شرکت، نہ عالم وجود میں میرے ساتھ شرکت! اس کو زندگی کہتے ہیں؟

باقی تمھاری پیاری آنکھوں، تمھاری سیاہ بالوں، تمھارے سرخ گلگوں رخساروں سے، اشتیاق اور حسرت کے ساتھ لاکھوں کروڑوں بوسے لینے کی آرزو۔

تمھاری مفتون

سلما

***

۵

چڑیا چڑے کی کہانی

(چڑے کی زبانی)

"چوں چو چوں، چڑچوں، سب غلط، سب جھوٹ! چڑیا چڑے کی کہانی بہت انسانوں نے لکھی ہے، مگر قلم در کف دشمن است چوں، چو چوں، چوں، میری اور چڑیا کی لڑائی بہتان! چڑیا کا آنکھیں دکھنے کا بہانہ کرنا افترا، چوں چڑچوں، چوں چوں۔ آؤ اب میں تمھیں چند باتیں سناؤں کہ تمھاری آنکھیں کھلیں۔

حضرت انسان کو باتیں بنانی بہت آتی ہیں اور بس مجھ کو خدا نے مشاہدہ کی قوت عطا کی ہے۔ ویسے دیکھو تو میں بیوقوف بھولا بھالا ادھر ادھر پھدکتا نظر آتا ہوں، مگر میں دیکھتا سب کچھ ہوں، سمجھتا سب کچھ ہوں، کہتا بھی سب کچھ ہوں مگر تم نہیں سمجھتے۔

میں دیکھتا ہوں کہ خدا نے مجھے آزاد۔ آزادی طلب اور آزادی پسند مخلوق بنایا ہے، پرندوں اور چرندوں میں بہت سے ایسے ہیں کہ انسان سے بالکل نفرت کرتے ہیں اور جنگلوں میں انسان کے گھونسلوں سے دور جا کے رہتے ہیں۔ بعض بیوقوف ایسے ہیں کہ انسانوں میں انسان کے خادم ہو کے رہتے ہیں۔ مگر میں انسان کی کارستانیوں کو دیکھنے کے لیے شہر میں رہتا ہوں ان کے بڑے بڑے بھونڈے بھونڈے گھونسلوں میں اپنا پیارا پیارا، چھوٹا، چھوٹا گھونسلا بناتا ہوں۔ لیکن وہ پکڑ کے مجھے رکھنا چاہیں تو کبھی نہیں رہتا۔ پنجرے

میں بند کر کے رکھنے کی بات دوسری ہے، یا میرے پر کاٹ دیں تو وہ اور ہی بات ہے ورنہ میں کبھی حضرت انسان سے مانوس نہیں ہوتا۔ میں انھیں خود غرض سمجھتا ہوں اور پرلے سرے کا ظالم۔

مگر مجھے اپنی کہانی سنانی ہے، ضمناً حضرت انسان سے بھی دو دو باتیں ہو جائیں گی (پھدک کے اور پروں کو پھلا کے) خدا کا شکر ہے کہ اس نے مجھے ایسا اچھا لباس دیا، ایک حد تک خوبصورت مگر نہ اتنا کہ انسان کی حریص نگاہوں کا ہدف بن جاؤں، جسم میں پھرتی دی کہ خوشی خوشی پھدکتا پھروں۔ چھوٹے پروں میں پرواز کی تیز طاقت دی کہ انسانوں کی رفیق ان کا ہم خصال، ان کی چہیتی بلی کی دستبرد سے بچوں۔ جسم ایسا موزوں دیا کہ بیان نہیں ہو سکتا نہ اتنا بڑا کہ شاہین اور باز مجھ پر جھپٹیں جیسے وہ کبوتر پر جھپٹتے ہیں، نہ اتنا چھوٹا کہ حشرات الارض کی طرح بالکل حقیر ہی ہو جاؤں اور کوئی مجھے دیکھے ہی نہیں۔

آواز کیسی اچھی، چوں، چوں، چڑچوں، چڑچوں۔ آپ کے نزدیک اگر یہ خوش آیند نہ ہو تو نہ سہی اور میں خوش ہوں کہ آپ اسے پسند نہیں کرتے لیکن میرے ننھے دل کی خوشی اور طمانیت ظاہر کرنے کے لیے یہ بہت کافی ہے۔ چوں، چوں چڑچوں۔ شکر ہے خدا کا کہ اس نے بلبل کا ترانہ شیریں اور نالہ رنگین مجھے نہیں دیا، ورنہ صیاد اور قفس یہی میرے رفیق ہوتے۔ بیوقوف بلبل کو دیکھیے قفس میں بیٹھ کے بھی گاتی ہے اور اپنی اسارت پر درد انگیز نہیں، دل آویز نالے کرتی ہے اور نہیں سمجھتی کہ یہ اس کی اسیری کو اور بڑھاتے ہیں،

گل و گلچیں کا گلہ بلبل خوش لہجہ نہ کر
تو گرفتار ہوئی اپنی صدا کے باعث

اگر ذرا بھی عقل ہوتی تو قفس میں پہنچتے ہی خاموش ہو جاتی اور اس وقت تک

خاموش رہتی کہ یا قفس کھلتا یا موت آتی۔

میں اڑتا ہوں، پھدکتا ہوں، دانے چگتا ہوں۔ مگر الحمدللہ کسی کو آزار نہیں دیتا۔ خدا کی زمین سب کے لیے اور اس کے دانے سب کے لیے ہیں۔ یہ فلسفہ قدرت نے مجھے سمجھا دیا ہے اور اس لیے میں سب سے کہتا ہوں آؤ اور کھاؤ اور خدا کی نعمتوں سے فائدہ اٹھاؤ جہاں بہت سے دانے ہوئے اور ہم اپنے تمام ہم جنسوں کے ساتھ پہنچے پھر وہاں اگر اور مخلوق چگ رہی تو میں معترض نہیں ہوتا، کبوتر ہوں، مینائیں ہوں، فاختائیں ہوں، سب کو صلائے عام ہے۔ سب ساتھ آئیں اور کھائیں میں اکل کھرا نہیں۔ تنہا خوری میری عادت نہیں۔

حضرت انسان کی بعض باتوں پر مجھے بیساختہ ہنسی آتی ہے،

قہہ، قہہ قہہ، چوں، چڑچوں، چڑچوں چوں کس قدر مغرور مگر سادہ لوح جنس ہے۔ میرا نام کنجشک خانگی رکھا ہے، یعنی جب انسان کے یہ گھونسلے جن میں وہ آج کل رہتے ہیں نہ تھے اور وہ بہائم کی طرح غاروں اور کھوؤں میں رہتے تھے تو میں نہ تھا؟ میرا گھونسلا نہ تھا؟ یا کیا اب میں سوائے ان گھونسلوں کے کسی اور جگہ اپنا گھونسلا نہیں بناتا؟ اب بھی چمن، صحرا، مرغزار، وادی، درخت، جھاڑی میرے گھونسلے کے لیے ویسے ہی موجود ہیں۔ جیسے انسان کے گھونسلے۔

میں تو ان کے بے ہنگم موٹے موٹے گھونسلوں میں اپنا گھونسلا صرف اس لیے بناتا ہوں کہ یہاں رہ کر اس ریاکار مخلوق کی کرتوتوں کو اچھی طرح مشاہدہ کروں اور پھر اپنے ہم جنسوں میں بیٹھ کر ان خود بینوں، ان بیوقوف، مغروروں کے اوپر ہنسوں۔ اگر میں انھیں انسان خانگی کہوں تو زیادہ زیبا ہے۔

پھر ان کے گھونسلوں کا حال سنیے۔ ایک بڑا ہے ایک چھوٹا ہے، ایک اونچا ہے، ایک

نیچا ہے۔ یہ کیوں؟ مساوات کیوں نہیں؟ اسے تو میں سمجھتا ہوں کہ ان کے گھونسلوں کے اندر کے خس و خاشاک، جنھیں انسان کیا کہتے ہیں بھول گیا، ہاں، میز کرسی فرش و فروش مختلف رنگ کے ہوں۔ کیوں کہ میں بھی کہیں سے تاگا کہیں سے تنکا، کہیں سے پتا لا کر گھونسلا بناتا ہوں، لیکن بڑائی چھوٹائی کیوں ہے؟ ہاں، ہاں خیال نہیں رہا تھا، اس کی وجہ معلوم ہوئی میں نے دیکھا ہے، چھوٹے گھونسلے والا انسان بڑے گھونسلے والے انسان کے سامنے سر جھکا کے، ہاتھ جوڑ کے کھڑا ہوتا ہے، اس کی خدمت کرتا ہے۔ لاحول ولا قوۃ کس قدر بے غیرت مخلوق ہے میں نہ اپنے ہم جنس کی اور نہ کسی غیر جنس کی خدمت کرتا ہوں، اگر مار بھی ڈالو تو خدمت نہ کروں اور کیوں کروں، خدا کے فضل سے ہم سب مساوی ہیں، کسی کو ایک دوسرے کی خدمت کرنے کی ضرورت ہے نہ آرزو۔ اپنے بال بچوں کی خدمت کے سوا، کسی کی خدمت کرنا، کسی کے گھونسلے پر جاکر دریوزہ گری کرنا عار کی بات ہے، ننگ کی بات ہے، مگر انسان۔۔۔ وہ مدعیٔ عقل، احمق، جو اپنے تئیں درس آموز قدرت خیال کرتا ہے، اس نکتے کو نہیں سمجھتا۔

ہائے ریاکار انسان! اس نے ایک لفظ نکالا ہے اور اس پر اسے بہت ناز ہے۔ کہتا ہے، "سوائے میرے کسی میں حیا نہیں سب جاندار سوائے انسان کے بے حیا ہیں، حیا اور شرم کا احساس صرف مجھ میں ہے۔" اوڈینگ مارنے والی مخلوق! بس، بس۔ جسے تو حیا کہتا ہے وہ ریاکاری ہے۔

انسان چڑا، اور انسان چڑیا، کبوتر چڑا اور کبوتر چڑیا دانہ بدلی کرنے اور پوٹا بھرانے میں ایک ہیں۔ میں نہیں جانتا انسان نے یہ عادت کبوتر سے لی ہے یا کبوتر نے انسان کی نقل اتاری۔ میں اس کی تحقیق نہیں کر سکتا، کیونکہ کبوتر اگرچہ پرندہ ہے، لیکن ایسا احمق، قدر حریت ناشناس پرندہ ہے کہ انسان سے بہت مانوس ہے اور ایسا کاہل ہے کہ اپنے لیے

گھونسلا بھی نہیں بناتا، انسان اس کے لیے گھونسلا بناتا ہے اور یہ اس کے عوض میں اس کا درم ناخریدہ غلام بن جاتا ہے وہ اسے پکڑتا ہے، مگر پنجرے میں بند نہیں کرتا، پھر بھی یہ اس سے نفرت نہیں کرتا اور اڑ نہیں جاتا۔

لیکن کبوتر، گو اسے رات دن غٹر غوں کی ضربیں لگانے اور دانہ بدلی کرنے کے سوائے کوئی اور کام نہیں (صبح سے شام تک یہ حضرت دانہ بدلی کیا کرتے ہیں اور یہ خیال رہے کہ دانہ بدلی بچوں کا پوٹہ بھرنے کے لیے نہیں، اگر ایسا ہوتا تو کوئی تعجب کی بات نہ تھی، کیوں کہ بیچارے بچے اڑ نہیں سکتے اور ان کا پوٹہ ماں باپوں ہی کو بھرانا پڑتا ہے، مگر کبوتریوں ہی بے فائدہ ایک دوسرے سے چونچ ملایا اور پھڑ پھڑایا کرتے ہیں اور ایک منٹ دو منٹ نہیں گھنٹوں یوں ہی کیا کرتے ہیں) گو کبوتر کو اس کے سوا کوئی اور کام نہیں، تاہم۔ سادہ لوح اور صاف دروں مخلوق! وہ کبھی انسان کی طرح چھپ چھپ کے دانہ بدلی نہیں کرتا۔

مگر حضرت انسان! ان کا باوا آدم ہی نرالا ہے، دانہ بدلی میں یہ کبوتر سے کم نہیں، بلکہ بڑھے ہوئے ہی ہونگے، مگر وہی خود ایجاد حیا اور شرم کی پابندی سے اپنے گھونسلوں میں چھپ چھپ کے، لیکن پہلے کہہ چکا ہوں کہ وہ حیا شرم نہیں ہے بلکہ وہ ریاکاری ہے، جو گھونسلوں میں وہ چوری چھپے کرتے ہیں جسے وہ علانیہ نہیں کرسکتے۔

کل ہی کی تو بات ہے؟ یہ تمھارے پڑوس کے گھونسلے میں کئی انسان چڑیا اور چڑے بیٹھے تھے، میں اوپر چھت میں تھا، وہ اپنی زبان میں چوں چوں کر رہے تھے، میں اپنی زبان میں چوں چوں کر رہا تھا، آہستہ آہستہ اس گھونسلے کے ایک حصے میں سے جسے تم کمرہ کہتے ہو اور سب انسان تو چلے گئے اور بس ایک انسان چڑا اور ایک انسان چڑیا یا تمھاری زبان میں میاں بی بی رہ گئے۔ اب انھوں نے دانہ بدلی شروع کر دی اور پھر وہی پیار محبت کی

باتیں ہونے لگیں، تم کہوگے کہ اس میں ریاکاری کی کونسی بات ہوئی؟ سنیے، جب ان کے ہم جنس بیٹھے تھے، اس وقت انھوں نے یہ باتیں کیوں روانہ رکھیں؟ اگر کہو شرم کی وجہ سے، بہت خوب! تو بعد میں بھی تو میں کمرے میں موجود تھا، پہلے مجھے خیال ہوا تھا کہ شاید انھوں نے مجھے دیکھا نہیں، اس لیے میں اڑ کے اور پھڑ پھڑ کر کے، ان کے قریب میز پر جا بیٹھا، کرسی پر جا بیٹھا، وہاں سے اڑ کے دیوار میں جو تصویر لگی ہوئی تھی اس کے چوکھٹے پر جا بیٹھا، تب بھی ان پر کچھ اثر نہیں، اپنے کام سے کام آخر میں نے زور سے چلانا شروع کیا، "میں یہاں ہوں، میاں یہاں ہوں، چوں، چوں، چوں" مگر بے حیائی دیکھیے، مجھے دیکھ کے دونوں نے ہنسنا شروع کر دیا، مجھے نہایت غصہ آیا اور میں ان کو گالیاں دیتا ہوا، پھر سے کمرے سے باہر اڑ گیا۔ فرمایئے! آپ ہی فرمایئے، آپ اسے کیا کہتے ہیں حیا یا ریاکاری؟

اسی بات پر کیا منحصر ہے، حضرت انسان کے ڈھنگوں سے میں خوب واقف ہوں کوئی مجھ سے پوچھے۔ کوئی لاکھ بار تو میں نے انسان چڑے کو انسان چڑیا کے سامنے ادعائے وفاداری کرتے سنا ہوگا۔

"آہ! میں تمھیں چاہتا ہوں، تمھارے سوا حور بھی ہو تو اس پر آنکھ نہ ڈالوں۔" بیچاری بھولی بھالی چڑیا اسے یقین کرتی ہے اور محبت کی آنکھوں سے۔۔۔ ان آنکھوں سے جن سے آنسو اور احسان مندی ٹپکتی ہوتی ہیں۔ اسے دیکھتی ہے یہ ایسا منظر تھا کہ شروع شروع میں اس سے بہت متاثر ہوتا تھا لیکن میں کیا دیکھتا ہوں کہ وہی انسان چڑا دوسرے دن دوسرے گھونسلے میں دوسری چڑیا سے۔ پہلی چڑیا کی نظروں سے دور۔ کہہ رہا ہے، "آہ! میں تمھیں چاہتا ہوں، تمھارے سوا حور بھی ہو تو اس پر آنکھ نہ ڈالوں۔" اور یہ بیچاری معصوم چڑیا بھی اس دھوکے باز چڑے کے پھندے میں پھنس جاتی ہے اور اپنا محبت بھرا دل اس کے سپرد کر دیتی ہے۔

تیسرے دن کیا دیکھتا ہوں کہ وہی چڑا ایک اور گھونسلے میں ایک تیسری چڑیا سے کہہ رہا ہے "آہ! میں تمھیں چاہتا ہوں، تمھارے سوا حور بھی ہو تو اس پر آنکھ نہ ڈالوں۔" اور یہ تیسری تشنہ محبت بھی ان باتوں پر یقین کرکے، دل ہار بیٹھتی ہے۔ آخر کار ایک دن آتا ہے کہ تینوں کو حقیقت معلوم ہوتی ہے، اور یا کنوؤں سے چند جان باختہ انسان چڑیوں کی لاشیں نکلتی ہیں، یا افیم انھیں ابدی نیند سلا دیتی ہے۔

دل چاہتا ہے اس ناپاک مخلوق کی ٹھونگیں مار مار کے مار ڈالوں۔ یہاں چڑیا بول اٹھی، "چڑے کا قطع کلام تو ہوتا ہے مگر مجھے یہ کہنا ہے کہ انسان چڑیا کا بھولا پن یہیں ختم نہیں ہو جاتا بلکہ ہر بات سے ظاہر ہوتا ہے۔ میرا چڑا۔ میں اس کے سامنے کہتی ہوں کچھ ڈرتی تھوڑا ہی ہوں۔ رات دن مجھ سے کہا کرتا ہے، "تم بیحد خوبصورت ہو، تمھاری برابر دنیا میں کوئی خوبصورت نہیں۔" مگر خوشامد سے میرا دماغ نہیں چل جاتا، میں اس کان سنتی ہوں اور اس کان اڑا دیتی ہوں کیوں کہ گو اس کی نظروں میں خوبصورت ہوں لیکن حقیقت میں خوبصورت نہیں۔ اسے میں اچھی طرح جانتی ہوں مگر کہیں آدم نے حوا سے کہہ دیا تھا کہ "تم بہت خوبصورت ہو۔" بس وہ دن اور آج کا دن کہ انسان چڑیا کے سامنے سے آئینہ نہیں ہٹتا، آئینہ نہیں تو آرسی ہے، آرسی نہیں تو پانی میں اپنا عکس دیکھا جاتا ہے اور اپنے عکس کو دیکھ دیکھ کے خود ہی جھوما کرتی ہے اور مارے غرور کے زمین پر قدم نہیں رکھتی یہ نہیں سمجھتی کہ یہ سب چڑے کی خوشامد کی باتیں ہیں اور بس۔

پھر گھر میں بیٹھی، چڑے کو نیک اور اپنا عاشق سمجھا کرتی ہے اور چڑا اس کی غیبت میں رنگ رلیاں مناتا ہے۔ یہ نہیں سمجھتی کہ "مال عرب پیش عرب" ہی رہے تو اچھا ہے۔ میں اس نکتہ کو سمجھتی ہوں اور یہی وجہ ہے میں ہر وقت اپنے چڑے کے ساتھ ہوں، یہاں تک کہ تدارک معیشت میں بھی برابر کی شریک ہوں، میں چڑے کو فخر و تفوق کا

موقع ہی نہیں دیتی۔ چڑے نے پھر کہنا شروع کیا "اب مجھے دیکھیے یہ کچھ غرور اور ستائش کے طور پر نہیں کہتا اور نہ اپنی پیاری چڑیا کو سنانے کے لیے کہتا ہوں، بلکہ واقعہ بیان کرتا ہوں کہ میں ایک۔۔۔ بس ایک چڑیا کو دل دیتا ہوں، ایک کعبہ کا طواف کرتا ہوں، ایک دیوی کے گرد پھرتا ہوں، میں ایک چڑیا کو دل دیتا ہوں اور اس کے ساتھ پیمان وفا باندھتا ہوں اور اس پیمان کو نہیں توڑتا، مگر یہ کہ موت آ کے اسے توڑے۔

میں ایک چڑیا کو دل دیتا ہوں اور اس کو پورا اختیار دیتا ہوں کہ میری کل حرکتوں کی نگرانی کرے، میں جہاں جاؤں جس محفل میں پہنچوں، میرے ساتھ ہو، لڑائی لڑوں تو میرا دل بڑھائے چہکوں تو میرا نغمہ سنے۔ انسانوں کی طرح ہم علیحدہ علیحدہ زندگی بسر نہیں کرتے۔

میں (سچ کہنا چاہیے) کبھی کبھی اپنے پر دوسری چڑیا کے لیے بھی پھیلا دیتا ہوں، لیکن یہ محض شوخی اور کلیل ہوتی ہے اس سے کوئی خاص ارادہ مقصود نہیں ہوتا اور میری چڑیا بھی اسے جانتی ہے، اس لیے وہ نہ ناراض ہوتی ہے اور نہ میری طرف سے اس کے دل میں شبہ بیٹھتا ہے۔

لو تم سے باتیں کرنے میں، میں بھول ہی گیا کہ مجھ پر فرائض پدری ہیں، میں انسان باپوں کی طرح نہیں کہ اکثر اپنے عیش میں اپنے بال بچوں کا خیال تک نہیں کرتے، بلکہ بعض تو ہمیشہ کے لیے انھیں چھوڑ دیتے ہیں، نان ونفقہ بھی نہیں دیتے۔ میں ایسا بے غیرت نہیں۔ جب ان بچوں کو دنیا میں لانے کا میں ہی باعث ہوا ہوں تو جب تک خود نہ اڑ سکیں میں خود بھوکا رہوں گا لیکن ان کا پوٹہ بھروں گا۔ بڑی دیر ہو گئی وہ چونچ کھولے انتظار میں بیٹھے ہونگے۔ ہاں ذرا مجھے دانے یا روٹی کی چھوٹی چھوٹی گولیاں بنا کر تو ڈال دو۔

آہا! تم نے میری خواہش پوری کی۔ شکریہ ادا کرتا ہوں۔ خدا تمھارے اور

تمھارے بال بچوں کے پوتوں کو بھی ہمیشہ بھرا رکھے۔

لو اب جاتے ہیں،

پھر ملیں گے اگر خدا لایا"

اور یہ کہتے ہوئے دونوں پھر سے اڑ گئے۔

***

۶

گلستان

آج سے دس پندرہ برس کا ماجرا ہے، بحر ہند میں ایک جزیرہ تھا جو اب ناپید ہے، چاندنی رات تھی، سطح آب پر سکون مطلق طاری تھا اور اس سکون پر چاند اپنی شعاعیں ڈال رہا تھا، فضا میں خاموشی، بے پایاں سمندر، ڈراونی تنہائی، وحشت انگیز سکوت، کوئی صدا نہیں، کوئی اثر حیات نہیں، ایک غیر محدود مگر روشن تنہائی، ایک محشر سکون۔

یہ عالم ہے، چاند خاموشی کے ساتھ گویا سوچ رہا ہے، موجیں بھی سوچ رہی ہیں، چاند کی کرنوں کے سیلان سے بچا ہوا سایہ سوچ رہا ہے، بادلوں کے منتشر ٹکڑے سوچ رہے ہیں، ایسا معلوم ہوتا ہے کہ ہوا، اس خاموشی کا بھید چپکے چپکے سمندر کے کان میں کہنا چاہتی ہے اور نہیں کہہ سکتی، سمندر کا سینہ سانس لینے کی کوشش کرنا چاہتا ہے۔ تمام موجودات میں گویا ایک کروٹ لینے خواہش معلوم ہوتی ہے، ایسا معلوم ہوتا ہے کہ اس بے پایاں سستی اور سکوت میں اگر کہیں سے ذرا سی صدا بھی آجائے تو دنیا ہنس پڑے گی، اچھل پڑے گی۔

نسریں نوش جزیرے کے دامن میں، سمندر کی ریت پر ایک سر دزرّیں کی طرح جو زمین پر گر پڑا ہو، لیٹی ہوئی تھی کہ موجوں میں کچھ حرکت پیدا ہوئی، اور وہ نسرین نوش کے عریاں جسم، چاند جیسے عریاں جسم پر، گردن پر، بالوں میں گزرنے لگیں، ادھر

سلسبیل قمر اس کے بدن پر پڑ رہی تھی، ادھر چھوٹی چھوٹی موجیں ایک دوسرے کو ہٹاتی آتی تھیں اور اس سیمیں تن کے کبھی بالوں میں سے گزرتی تھیں، کبھی اس کے گورے بازوؤں سے لپٹتی تھیں، اور اس کے بوسے لے لے کر آگے چلی جاتی تھیں اور پھر لوٹ کر آتی تھیں اور بحر سے موتی لا لا کر اس کے پاؤں پر نثار کر کے نہایت تعظیم اور احترام کے ساتھ واپس جاتی تھیں۔

نسریں نوش ایک پر لطف تھکن سے، ایک بیہوش نشہ سے آہستہ آہستہ بیدار ہوئی، اس کے چاروں طرف جو پریاں ہالہ بنائے کھڑی تھیں، ان پر نظر ڈالی اور اپنے لال لبوں سے برق تبسم گرا کے کہا، "میری پیٹھ ملو۔" اس پر چند خدامہ تعمیل حکم میں مصروف ہوئیں، اور اس کے بعد چند اور پریاں جو ریشمی تولیا، چادر وغیرہ لئے کھڑی تھیں، انھوں نے اس کے بازوؤں، سینہ اور پاؤں کو پوچھنا اور بالوں کو سکھانا شروع کیا، نسریں نوش اس شاہراہ زرّیں کو جو چاند نے اس تک بنا رکھی تھی، دیکھنے اور موجوں کی ارگن کو سننے لگی۔

اتنے میں ایک قسم کی چھوٹی پریاں، صدف بحر کی بنی ہوئی نفیریاں اور دف اور سارنگی اور ستار غرضیکہ پورا ساز لئے ہوئے نسریں نوش کے گرد اڑنے اور ستار بجانے لگی، نسریں نوش، اٹھ کھڑی ہوئی اور ماہتاب کی طرف ہاتھ بڑھا کے اس رات کے لئے اسے "خدا حافظ" کہا اور اپنی سہیلیوں کے کبھی کندھوں پر ہاتھ رکھ کے، کبھی ہاتھ میں ہاتھ ڈال کے، پھولوں سے چھپے ہوئے راستے پر نسیم کی طرح خرام ناز سے چلنا شروع کیا۔ اس وقت پھول جھک جھک کے سلام کرتے تھے، اور ایک دوسرے سے مل کر گویا تالیاں بجاتے، بنفشہ اس کے پاؤں چومنے اور روندے جانے کی تمنّا سے راستہ میں آ پڑتا تھا، نسریں نوش پانچ منٹ تک چلی ہو گی کہ ایک کاشانہ بلوّر میں داخل ہوئی۔

چاند کا عکس اس محل کی کل دیواروں اور صحن کے فوارے پر پڑتا تھا، اور اس فوارہ

نور سے ایک زمزمہ، روح نواز پیدا ہو رہا تھا، حوض کے کنارے لیمو، نارنگی، ترنج کے پودے پھولوں سے لدے ہوئے دماغ کو فرحت دے رہے تھے، یہ سب ایک دستر خوان پر بیٹھ گئیں، زبرجد کے طباقوں میں طرح طرح کے کھانے اور میوے لائے گئے، خرمے، انار، انگور، سیب، شکار کے گوشت، مچھلیاں لائی گئیں، لالے کے پیالوں میں شراب، شربت گلاب پئے گئے۔ حوض کے دوسری طرف، ناچنے والیوں، گانے والیوں نے ایک حلقہ باندھا اور رباب، نرمار، بربط، ستار پر نسرین نوش کی حسن اور ادا کی تعریف میں قصیدے، غزلیں، ٹھمریاں، گانی شروع کیں۔

گانا جو ایک جوئے رواں کی طرح مسلسل تھا۔ ادھر سہیلیوں نے چھیڑ خانی شروع کی، رفتہ رفتہ لالوں، اور پھولوں کو پھینک کے لڑائی شروع ہوئی، اور تھوڑی دیر میں پھولوں سے زخم کھا کھا کے پریاں گرنے لگیں۔ لذیز شراب کے نشہ سے، نسرین نوش ہنستی ہوئی ایک سہیلی کی گود میں گر پڑی اور اپنے ہونٹ چوس چوس کر نظر اس طرح دور دور ڈالنے لگی گویا عالم خیال میں ہے، سہیلیاں اپنی مالکہ کے ہاتھ چوم چوم کے اس کے بالوں کی خوشبو سے دماغ معطر کر کر کے شراب کا ایک ایک گھونٹ پیتی تھیں۔ نشہ کا خمار چڑھنا شروع ہوا تھا کہ ناچنے والیوں کو پھر حکم ہوا۔ ساز پر پریوں کا ایک خاص ناچ، ایک رقیق، نازک، نورانی ناچ ناچا گیا۔

وہ گلابی، چمپئی، دھانی، ریشمی ساڑیاں جو پریوں کے سڈول جسموں سے لپٹی ہوئی تھیں، وہ ناچ کے چکروں میں مل کر طرح طرح کے نئے رنگ پیدا کرتی تھیں، پریاں تیزی ہلکی پرواز کی طرح اُدھر اُدھر سے اِدھر ٹھمک ٹھمک کے آتی جاتی تھیں، کبھی وہ ایک دوسرے سے ملیں کبھی علیحدہ ہو جائیں، کبھی دو کے درمیان میں سے تیسری گزر جائے، کبھی حلقہ بندھ جائے، کبھی ٹوٹ جائے، اس ملنے، جدا ہونے، چکر کھانے سے

رنگ اور نور کا انحلال اور اجتماع ایسا مختلف ہوتا جیسے ہشت پہلو شیشے میں آفتاب کی کرنیں گزر رہی ہوں، ان پریوں کا تھرک تھرک کر ملنا، پھر تتر بتر ہو جانا، شانوں کا ملنا، بالوں کا سحر سنبل کی طرح لہرانا، نازک کمروں کا لچکے کھانا، جھک جھک کے دہرا ہو جانا، یہ سب باتیں سلیس و بلیغ گتوں سے (جو سازندے پریاں بجارہی تھیں) مل کر ایک نشہ آور نظر پیش کرتی تھیں کہ کان موسیقی اور رقص میں تمیز نہیں کر سکتے تھے اور آنکھ نہیں بتا سکتی تھی کہ آیا موسیقی رقص کر رہی ہے، یا رقص نغمہ ساز ہے، کیا ہو رہا ہے۔

نسرین نوش ان تمام تموجات رقص و آہنگ کو ایک سہیلی صبح خنداں کے زانو پر سر رکھے ہوئے ایک بے پروا، لاابالیانہ نگاہ سے دیکھ رہی تھی، اور ایسا نظر آتا تھا کہ وہ ان چیزوں کی طرف زیادہ ملتفت نہیں، کیونکہ اس کی نگاہ کسی دور نقطہ پر گڑی ہوئی تھی، یہ ٹیپ ٹاپ، یہ ناچ گانا، وہ رات دن دیکھتی تھی، اس لئے اس کی روح خفتہ کو جگانے یا اس کے دل میں حرکت پیدا کرنے کے لئے یہ کافی نہ تھا۔

اس رات محل میں داخل ہونے کو اس کا دل نہ چاہا! اس کی طبیعت میں چاند کو دیکھ دیکھ کر یہ امنگ پیدا ہوئی تھی کہ اس کے عریاں جسم سے جا کر لپٹ جائے۔ وہ اسے ٹکٹکی باندھے دیکھ رہی تھی، سہیلیوں نے اس کی طبیعت کے بہلانے کے لئے لطیفے، کہاوتیں، بوجھ، پہیلیاں کہنی شروع کیں کہ چاند اور سورج میں کیسی دوستی ہے، شہد کی مکھیاں، پھولوں سے کیا کہا کرتی ہیں، بھونرا چنبیلی کے کان میں کیا بھنبھنایا کرتا ہے، یہاں تک کہ آہستہ آہستہ ان نورانی آنکھوں میں نیند آنی شروع ہوئی۔ اس کے نرم جسم کو سہلا سہلا کے، اس کے دماغ کو تھپکا تھپکا کر، ہلکے بادلوں کے نیچے بھاگتے ہوئے چاند کو پیش نظر کر کے، غرض کہ عجب عجب دھوکے دے دے کے، نیند اس کی آنکھوں میں چپکے سے آگئی اور ان گھنی پلکوں کو ملا دیا۔

نسرین نوش کا نیند میں جانا تھا کہ ناچ بند کر دیا گیا، لطیفے، پہیلیاں ختم ہو گئیں، نہ صرف یہ بلکہ فوارے بند ہو گئے، وہ عندلیب جو پنجرے میں بیٹھی گا رہی تھی، چپ ہو گئی، ہوا کی سنسناہٹ بند ہو گئی تا کہ نسرین نوش آرام سے سوئے، تمام رات رامش گر پریاں، سہیلیاں دبے پاؤں علیحدہ ہو گئیں، گھونگرو آہستہ آہستہ اتار ڈالے گئے، اتنے میں سفید بازوؤں والی چھوٹی چھوٹی پریاں حلقے باندھ کے آئیں اور نسرین نوش کے گرد اڑنے لگیں۔ ان کے پروں سے کوئی آواز نہ نکلتی تھی، یہ پریاں نسرین نوش کی نگہبان تھیں۔

دو تین منٹ کے بعد ایک بڑھیا درختوں سے نکل کے جریب پٹکتی ہوئی آہستہ آہستہ نسرین نوش کے پاس آئی اور نسرین نوش کے بدن پر جو چادر ڈال دی گئی تھی، اسے چہرے پر سے ہٹا کر غور سے دیکھنے لگی، اس کے سوکھے چہرے پر آثارِ اطمینان ظاہر ہوئے، اور "الحمد اللہ" کہہ کے جیسی آئی تھی ویسی ہی غائب ہو گئی۔ یہ نسرین نوش کی ماں تھی، اپنی لڑکی کو نہایت احتیاط، اور بد گمانی سے رکھتی تھی، اور اس طرح ہر شام کو آ کر تحقیقات کرتی تھی۔

یہ معمر عورت سوچا کرتی تھی کہ "میرے بالوں کو سفید کرنے والے، میرے دانتوں کو گرانے والے، میرے چہرے کو خراب کرنے والے یہ مرد ہی تو ہیں، ان کے ظلم ہی تو ہیں، اپنی اولاد کو ان مصیبتوں سے بچاؤں گی، اسی لئے میں اس لڑکی کو اس جزیرے میں لائی ہوں، اسے کھیل تماشہ دل بہلاوے، ہنسی دل لگی، آرائش و نمائش سب کچھ دوں گی، لیکن مرد کیا شے ہے، یہ نہ جاننے دوں گی۔ وہ فلاکت جس کا نام مرد ہے اس کے قریب نہ جانے دوں گی۔ لیکن اگر ڈر ہے تو اتنا کہ مجھے اطلاع ہوئے بغیر اس جزیرے میں کوئی مرد نہ آ جائے، بہر حال اس وقت تو میری کل تدبیریں مکمل ہیں اور میرے دل کو اطمینان ہے۔"

ماہتاب، دھیما ہو ہو کے غائب ہو گیا، مگر نسرین نوش کے جسم نازک کو طلوع آفتاب کے سپرد کرتا گیا، سفید بازوؤں والی نگہبان پریاں ہٹ گئیں اور ان کے بجائے سہیلیاں اور گانے والیاں آگئیں جنھوں نے نرم و نازک آواز سے اسے جگانے کے لئے پیاری راگنیاں گانا شروع کیں، تھوڑی دیر میں نسرین نوش نے اپنی مخمور آنکھیں کھول دیں، اور انگڑائیاں لیتی ہوئی اور اپنے پریشان بالوں کو سنوارتی ہوئی اٹھ بیٹھی، پھر ایک صاف شفاف نہر کے کنارے نیلوفر کے پھولوں کی ایک چوکی پر جاکر بیٹھ گئی۔ پریاں بھی آکر اس کے گرد جمع ہو گئیں۔ مشاطہ پریوں نے نسرین نوش کا سنگار کیا، نسرین نوش نہر کے صاف پانی میں اپنے عکس جمال کو دیکھ رہی تھی، تیتریاں ایک دوسرے کا پیچھا کرتی ہوئی اڑ رہی تھیں، نہر کی روانی سے نرم صدا پیدا ہو رہی تھی، سہیلیوں نے پھر ہنسی کی باتیں شروع کیں، جن کو سن سن کر وہ پیارے باریک ہونٹ تبسم میں کھل کھل جاتے تھے۔

سہیلیوں اور خادمہ پریوں کے نام گلِ چکاں، زہرہ جبیں، نازِ آفریں، موجِ نور، بعضوں کے نام پھولوں پر مثلاً نیلوفر، سوسن وغیرہ، بعضوں کے پرندوں کے اوپر، مثلاً طاؤس خرام، کبکِ آدا وغیرہ تھے۔ اور ان سب کے نام اور عنوان کے مناسب ان کا لباس تھا۔

سنگار کے بعد، اس صبح کے لئے ایک خاص رنگ کا لباس پہن کر نسرین نوش نیلوفر کے پتوں کی کشتی میں بیٹھ کر سہیلیوں کے ساتھ تھوڑی دور تک نہر میں گئی، پھر یہ سب کناریں پر پہنچیں، جہاں بلّور اور پھولوں کی ایک بگھی تیار کھڑی تھی، اس بگھی میں دو مادہ سیمرغ جتی ہوئی تھیں اور اس انتظار میں کہ ان کی مالکہ بگھی پر سوار ہو گی آمادہ روانگی کھڑی تھیں۔ جوئے رواں کے کندھے پر ہاتھ رکھ کر نسرین نوش گاڑی میں سوار ہوئی،

اور بوئے رواں کو اپنے پاس بٹھا کر "دیار گل" کو چلنے کا حکم دیا۔ اس حکم کے سنتے ہی چند چھوٹی چھوٹی پریوں نے جو چھوٹے چھوٹے بگل لئے کھڑی تھیں، کوچ کا بگل بجایا۔ اور اس تزک و احتشام کے ساتھ سواری روانہ ہوئی۔ سامنے طاؤس، کبوتر، قمریاں، طوطی ناچتے، ہوا میں اڑان بھرتے، گاتے چہچہاتے اور طرح طرح کے تماشہ کرتے جاتے تھے۔ سڑک پر پھول کی پتیاں، گلال اور چاندی کے ذرّے بکھرے ہوئے تھے جو پہیوں کے چلنے سے اڑ اڑ کر گاڑی کے بلوّری پہیوں میں پرندوں کے پروں میں جم جاتے تھے، اور اس قافلے پر قوس قزح کا رنگ پیدا ہو جاتا تھا۔

آفتاب افق سے اپنے نورانی بالوں کو سنوارتا ہوا، کچھ اونچا ہوا تھا، کہ یہ قافلہ اس بلدہ شعر و خیال میں جسے نسریں نوش نے "دیارِ گل" کہا تھا، پہنچا۔ یہاں کی وادی حقیقتاً وادی گل تھی، نسریں نوش کی تشریف آوری کی خوشی میں تمام غنچے ایک دم کھل گئے اور ان کی خوشبو نکل نکل کے اس کے جسم کو، کندھوں کو، چہرے کو احاطہ کرکے چومنے لگی۔ نسریں نوش گاڑی پر سے اتری۔ اتنے میں سہیلیاں، نوکرانیاں، اور سازندے وغیرہ بھی پہنچ گئے۔ اب نسریں نوش نے اس زمان و مکانِ لطافت میں آہستہ آہستہ چلنا شروع کیا، سہیلیاں تعظیم اور احترام کے انداز سے اس کے ساتھ ساتھ چل رہی تھیں، اونچے درخت بھی اس ملکہ ملاحت کے سامنے جھک جھک کر اس کی خدمت میں پھول پیش کرتے تھے، اور نسریں نوش ان پھولوں کو اپنے ان پیارے ہاتھوں سے (جن میں اور پھولوں میں صرف اس قدر فرق تھا کہ یہ پھولوں سے زیادہ خوبصورت تھے) چھو چھو کر سہیلیوں کو ایک عظمت آمیز نیم غمزہ سے حکم کرتی تھی کہ "انھیں توڑو۔" زہرہ جبیں، گل چکاں کی گودان پھولوں سے بھر گئی، ان پھولوں کا ایک تاج بنایا گیا، جسے نسریں نوش نے پہنا۔

غرضیکہ اس طرح، نسیم صبح کے ساتھ اور نسیم صبح کی مانند سب آہستہ آہستہ چل کے ایک اونچے موقع پر پہنچیں جو مطلع آفتاب کے مقابل تھا۔ نسرین نوش کھڑی ہو کر آفتاب کی طرف جھکی اور سیدھی ہو گئی۔ زاں بعد اپنے ہاتھ کو چوم کر گویا ایک بوسہ بھیجا، یہ ایک آئین آفتاب پرستی تھا۔ اس بوسہ کے بھیجتے ہی سہیلیاں ہنس ہنس کے، دوڑ دوڑ کر، ایک دوسرے سے لپٹ لپٹ کے، بالوں میں پھول لگا کے، ہاتھوں میں پھولوں کے پنکھے ہلا ہلا کے، نازک کمروں میں بل دے دے کر، آنکھوں کو شرارت سے پھر پھرا کے، نسرین نوش کے گرد چکر لگانے لگیں۔ پھر کھڑی ہو کر آفتاب کی شان میں گانے گانے لگیں، پھر ان سب نے ہاتھوں میں ہاتھ ڈال کر کبھی ہوا میں اڑ کر، کبھی زمین پر پاؤں مار کے آفتاب کے لئے ایک مستانہ ناچ ناچا، اور ایک دل ربا گانا گایا، اس گلبانگ رقص و آہنگ کی لطافت میں درخت بھی جھوم جھوم کے، نسیم آہستہ آہستہ چل کے شریک ہوئی، پھول، درخت، ہوا، سب حالتِ وجد میں آ گئے۔

نسرین نوش اس نشہ شعر کی کیفیت سے لذت یاب معلوم ہوتی تھی، اور اس آئین آفتاب پرستی میں دل سے شریک تھی، آخر میں اس کو ختم کیا، لیکن ایسا معلوم ہوتا تھا کہ اس کے ختم کرنے پر پریاں دل سے راضی نہیں تھیں کیونکہ آئین ختم ہوتے ہی درختوں کی شاخوں میں پھولوں میں بنے ہوئے جھولے ڈالے، اور اڑ اڑ کے ایک جھولے سے دوسرے جھولے پر جانا، جھولنا، ہنسنا اور کودنا اچھلنا شروع کیا۔ ایک مدت تک اس طریقہ سے وقت گذرا۔ آخر کار نسرین نوش پھر گاڑی پر سوار ہوئی اور اسی انتظام کے ساتھ واپس ہو کر کاشانہ بلور میں جو دستر خوان کھانوں سے حاضر تھا، اس پر معہ سہیلیوں کے بیٹھی۔

غرضیکہ دن اس طرح گذرتے تھے۔ اکثر نسرین نوش صبح کے کھانے کے بعد قیلولہ کرتی تھی، اور تیسرے پہر کو شکار کے لئے نکلتی تھی، نازک پیارے ہاتھوں میں تیر

کمان لے کر کبھی کبھی مشق تیر اندازی کرتی تھی، کبھی غروب آفتاب کے قریب ساحل بحر پر غسل کے لئے جاتی تھی اور تیر اندازی کے بعد تھکن اتارنے کے لئے گلاب یا بنفشہ کا ابٹن مل کے سمندر میں نہاتی تھی، رات کو سہیلیوں کو بلا کے گانا، پہیلیاں، کہانی وغیرہ سے دل بہلاتی تھی، کبھی کوئی بحث شروع ہو جاتی اور یہ زمزمہ مکالمہ کبھی پر حدت ہو جاتا، گویا ساز زور سے بجا، کبھی آہستہ آہستہ باتیں ہوتے ہوتے خاموشی طاری ہو جاتی، گویا بادِ نسیم پھولوں میں ہلکے ہلکے چل کے رک گئی، چاندنی رات ہوتی تو ایک دو سہیلیاں ساتھ لے کر سیر کو نکل جاتی، اس وقت نسریں نوش کا چلنا، اس لہر کے پانی کی مانند ہوتا تھا، جو بلوّر کی زمین پر بہہ رہی ہو اور جس کے پانی معطر نسیم جنبش دے رہی ہو، جس کے کنارے پھول کھلے ہوں، اور بلبلیں اڑ رہی ہوں۔

نسریں نوش پانچ برس کی تھی جب اس جزیرے میں پہلے پہل آئی، تیرہ برس سے اس طرح، خوشبوؤں میں، آرام میں، ناز و نعم میں، بے فکریوں میں لاڈ پیار میں، زندگی بسر کر رہی ہے، اور مجہول غیر تبسم خیالات میں مستغرق رہ کر، دن ہنسی کے ساتھ، اور رات متبسم خواب میں گذارتی ہے۔ لیکن ایک صبح خلاف معمول اس کے دل میں ایک جلن محسوس ہوئی، اٹھی، کاشانہ بلوّر کے قریب جو نہر بہتی تھی اس تک گئی، اور نہر کے اندر جا کر لیٹ گئی اور دیر تک اس میں بے حرکت پڑی رہی، پھر نکل کے اور بدن کو سکھا کے سفید ریشمی بستر پر جا لیٹی۔

نسریں نوش پر ایک سخت نیند غالب ہوئی اور وہ شام تک سوتی رہی، یہاں تک کہ سورج ڈھلا، سورج کی شعاعیں اس پر آکر پڑیں اور وہ جاگی، اس وقت اس کی طبیعت ایک ایسی شے چاہتی تھی، ایک ایسے مبہم وجود کی آرزو کر رہی تھی جو اس کے بازوؤں کو پکڑے، کمر کو سنبھالے، اس کے جسم کو اٹھالے، ایک غیر معنی تمنّا اس کے دل میں پیدا

ہو رہی تھی، اور اس کا دل چاہتا تھا کہ ایک ذات، ایک وجود آئے، جو اس پر قادر ہو، جو اس پر حاوی ہو۔

اس نے دیکھا کہ اس کے پاس ایک سفید براق ہنس پھر رہا ہے، اسے ہی اس نے گود میں لے لیا، اور اس کے سفید سینے کو اپنے دھڑکتے ہوئے سینے سے لگا لیا، اور اس کی گردن کو اپنی گردن سے ملا دیا، اور اپنی تمام قوت سے اسے بھیچنا شروع کیا، اور اس طرح پرندے کے نرم پروں میں اپنی آنکھوں کو کچھ کھولے، کچھ بند کئے بدن کو جھکائے دیر تک بے حرکت پڑی رہی۔

نسریں نوش ان خوشبوؤں سے، ان رنگوں سے، ان پھولوں سے، ان کھیل تماشوں سے اکتا گئی تھی، اور ان سے چھٹکارا چاہتی تھی، اب پھولوں کا اس پر نثار ہونا، اس کی روح کو مشغول نہ کرتا تھا۔ ناچنے والیوں کے ناچ اور عشوے اور غمزے اس کے دل کو نہ بہلاتے تھے، سہیلیوں کا اس کے بدن کو ملنا، اسے آرام نہ دیتا تھا، وہ ایک شے تلاش کرتی تھی، اسے وہ نہیں جانتی تھیکہ وہ کیا ہوگی اور کیا نہ ہوگی۔ ایک مبہم چیز چاہتی تھی جو اسے دکھ دے، اس کے دل میں درد پیدا کرے، احساس پیدا کرے، اسے مسل ڈالے، ایک ایسی پر قوت، پر جراتؔ شے کے باوجود اس کے حسن و جمال کے، باوجود اس کے کہ وہ جزیرے کی ملکہ تھی، اس سے نہ دبے، اس کے رعب میں نہ آئے، بلکہ اسے پکڑے، اسے مارے، ٹکڑے کر ڈالے۔

***

۷

دوست کا خط

تو پیارے دوست کا پیارا خط ہے! تجھ میں وہ کونسی برقی شے بھری ہے جو میرے دل کو دھڑکاتی ہے! تجھے کھولتے وقت ہاتھ کیوں کانپنے لگتے ہیں؟ آخر تجھ میں اور کاغذوں سے کیا برتری ہے؟ تو بھی کاغذ کا ٹکڑا وہ بھی کاغذ کے ٹکڑے، بلکہ وہ تجھ سے زیادہ بڑے ہیں۔ ہاں باعث تفاخر و تفوق یہی ہے نا کہ دوست نے تجھے لکھا، لب پان خوردہ سے اف، لب پان خوردہ سے لفافہ بند کیا؟ بیشک، بیشک، یہ بہت بڑا تفوق ہے۔ اچھا میں تیرا امتحان لیتا ہوں، تجھے نمبر دیتا ہوں۔ سو میں دیکھوں تجھے کتنے نمبر ملتے ہیں۔

ان کے ہاتھوں سے چھوئے جانے کے۔۔۔ چالیس

اس بات کے کہ دستہ کاغذ میں سے تجھے ہی منتخب کیا۔۔۔ پچاس

ان لبوں نے لفافہ کو بند کیا۔۔۔ ستر

ہیں! تو نے سو سے زیادہ نمبر پائے۔ نہیں یہ امتحان ٹھیک نہیں ہوا دوسرے طریقے سے شمار ہونا چاہیے۔

اس بات کے کہ تجھے میرے لیے منتخب کیا۔ اور کسی دوسرے کے لیے نہیں منتخب کیا۔۔۔ ساٹھ

اس بات کے کہ ان کے قلم کی تحریر تجھ پر ہے۔۔۔ چالیس

اس بات کے کہ ان کے چہرے کا عکس تجھ پر پڑا کیوں کہ وہ فرماتے ہیں کہ یہ خط رات کو لکھا ہے۔۔۔ پانچ سو

کیا؟ پھر سو سے زیادہ ہو گئے؟ یہ ٹھیک نہیں، اچھا تیسری بار پھر امتحان۔

اس بات کے کہ تو ان کے مژدہ صحت و خوشنودی مزاج کی خبر لایا۔۔۔ اسی

اس بات کے کہ تجھے چاک کر دیئے جانے کا حکم ہے۔۔۔ دس ہزار

یہ کیا؟ تمبر تو سو سے پھر بڑھ گئے۔

نہیں نہیں! میں بے فائدہ کوشش نہیں کرنے کا، تو امتحان سے بالا، موازنہ سے اعلیٰ، قید مقابلہ مقائسہ سے آزاد، پیارے دوست کا پیارا پیارا، ہائے میں کیسے ظاہر کروں کتنا پیارا خط ہے، تو سینہ سے لگایا جائے گا۔ تو نظر اغیار سے بچایا جائے گا، مگر (حاشا) تو چاک نہیں کیا جائے گا۔ تو میرے پاس محفوظ رہے گا، اور میں ہزاروں مرتبہ تجھے تنہا گوشوں میں پڑھوں گا۔

***

۸

ازدواج محبت

بچھڑے دوستوں سے بھی مل کے کیسی خوشی ہوتی ہے! بس خود آپ ہی اندازہ کر لیجئے۔ آخر کار آپ کا بھی تو کوئی دوست بچھڑ گیا ہو گا۔ اور پھر آپ سے اچانک آملا ہو گا۔ آپ ہی فرمایئے کیا شادی مرگ کا خوف نہیں ہو جاتا۔ میری بھی واللہ، ایک ہفتہ ہوا یہی کیفیت ہوئی۔ اتفاق سے ایک کام کے باعث میرا جانا علی گڑھ ہو گیا۔ میں کالج کے دیکھنے کا عرصہ سے مشتاق تو تھا ہی۔ اس موقعے کو غنیمت جانا اور ایک زائر کی حیثیت سے کالج کی سیر میں مصروف ہوا۔ ہر چیز کو عظمت اور محبت کی نگاہ سے دیکھتا تھا اور جس عمارت پر نظر پڑ جاتی اس میں محو ہو جاتا تھا۔ اس استغراق کی حالت میں اک نظر ایک صاحب پر بھی جا پڑی جو میری طرح محو نظارہ تھے۔ میں آپ سے سچ کہتا ہوں کہ جب تک کوئی ایسی ہی خاص کشش نہ ہوتی میں کالج سے آنکھ تھوڑا ہی اٹھانے والا تھا۔ لیکن ان پر نظر پڑتی تھی کہ میں اپنے گردوپیش کی کل چیزوں کو بھول گیا اور بیتابانہ ان سے جا کر لپٹ گیا۔ اول تو وہ جھجکے لیکن پھر ایک استعجاب آمیز "تم کہاں؟" کہہ کے مجھ سے لپٹ گئے۔ اصلیت یہ تھی کہ ہم دونوں بچھڑے ہوئے کم و بیش تیرہ چودہ برس کے بعد ملے تھے۔ میں اس بات کو طول نہ دونگا کہ ہم دونوں کیسے جدا ہوئے تھے اور میں ان تیرہ چودہ برس میں کہاں کہاں رہا۔ مختصر یہ ہے کہ مجھ میں میرے دوست محمد نعیم میں بعد المشرقین رہا۔ اور ہم اس

زمانے میں ایک دوسرے کے حالات سے بالکل بے خبر رہے۔ میں برما میں تھا، تو وہ انگلستان میں، اور وہ بھی ایک زائر بن کر علی گڑھ آئے تھے۔ محمد نعیم کو دیکھتے ہی کالج کی سیر کچھ وقت کے لیے موقوف ہوئی اور ایک دوسرے کے حالات دریافت ہونے لگے۔ آخر کار ان سب کا نتیجہ یہ ہوا کہ دو دن بعد ہمیں ایسٹ انڈین ریلوے کی ڈاک گاڑی عظیم آبادی کی طرف لے جا رہی تھی۔ جہاں میرے دوست۔ محمد نعیم ایم ڈی ایل آر سی پی (کیوں کہ اب مجھے معلوم ہوا کہ اس عرصہ میں محمد نعیم انگلستان جا کر ایم ڈی ہو آئے تھے) کا مکان ہے۔

عظیم آباد پہنچتے ہی ڈاکٹر صاحب نے مجھے اپنی عالی شان اور بے نظیر کوٹھی میں اتارا۔ اور اسی روز اپنے کل احباب کی دعوت کی تا کہ مجھ سے ملائیں۔ دعوت کے بعد سب لوگ باہر چمن میں آبیٹھے اور ادھر ادھر کی باتیں ہوتی رہیں۔ آکر یکے بعد دیگرے سب رخصت ہو گئے اور ہم دونوں اکیلے رہ گئے۔

چونکہ گرمی کا موسم تھا، اس لئے رات کا وقت و چاندی رات صحن چمن اور ٹھنڈی ہوا ایسی چیزیں نہ تھیں کہ ہم میں سے کسی کا دل اٹھنے کو چاہتا۔ باہری کرسیاں ڈالے بیٹھے رہے۔ باتوں باتوں میں یہ ذکر آ گیا کہ انسان کی زندگی میں ایسے دلچسپ واقعات نہیں ہوتے جن میں ناول کا مزہ آئے، میں اس بارے میں بہت بھرا بیٹھا تھا۔ میں نے ناول نویسوں پر نہایت لے دے شروع کی کہ کم بخت ایسی ایسی باتیں لکھتے ہیں کہ ہمیں رشک ہوتا ہے کہ ہماری زندگی میں کیوں ایسے واقعات پیش نہیں آتے۔ "اور کیا اور کیا بہت ہی کچھ کہہ ڈالا نعیم چپکا سنا کیا۔ صرف ایک آدھ جگہ مسکرایا۔ مجھے حیرت تھی کہ یہ کیوں اپنی رائے ظاہر نہیں کرتے۔ خیر جب میں سب کچھ کہہ چکا تو نعیم نے ایک اور مضمون پیش کیا۔ کہنے لگے،

"آج کل پردے کی بحث چھڑی ہوئی ہے، تمہاری اس کے متعلق کیا رائے ہے۔ جدید خیال ہو یا کہنہ خیال؟ کہنہ خیال ہوگے، کیوں کہ پردے کی مخالفت تو تم سے قیامت تک بھی نہیں ہونے کی۔"

میں نے کہا۔ "بے شک پردے کی مخالفت کون صاحب عقل کر سکتا ہے۔"

"تو پھر یہ شکایت بھی چھوڑ دیجئے کہ ہماری زندگی میں دلچسپی نہیں۔"

"اس کو پردے سے کیا تعلق؟"

"ایں تعلق ہی نہیں! جب تک پردہ ہے۔ عشقیہ شادی جس کے آپ اس قدر دلدادہ معلوم ہوتے ہیں ممکن ہی نہیں۔ وہاں تو یہ ہوتا ہے کہ بڑھے توماں باپ نے جہاں ان کا دل چاہا بیاہ دیا چوں وچرا کی گنجائش ہی نہیں اور ہو بھی تو کیا، نہ دیکھ سکتے ہیں، نہ بات کر سکتے ہیں۔ شادی کیا ہوئی سرکاری نوکری ہوئی۔ جہاں سرکار کا دل چاہا، نوکر کو بھیج دیا۔ حاکم کو ماتحت کی خبر نہیں، ماتحت کو یہ معلوم نہیں کہ حاکم کیسا ملے گا۔ اس زندگی میں راز سربستہ کیسے پیدا ہو سکتے ہیں اور افسانوں کا سلسلۂ راز آخر میں جا کر کھل کیسے سکتا ہے؟ یہ سب سچے عشق کی طفیل میں نصیب ہو سکتا ہے روپیہ کے لیے شادی مت کیجئے، بلکہ عشق کے لئے اور پھر میرا دعویٰ ہے کہ ایک ایک لفظ ناولوں کا آپ کو صحیح معلوم ہوگا۔ لیجئے میری ہی سرگذشت سنئے اور بتایئے کیا یہ ناول نہیں؟"

یہاں نعیم یکا یک رک گیا، کچھ دیر تک متاثر حالت میں سگار کے دھوئیں کو دیکھا کیا، گویا نظر وہاں ہے اور خیال کہیں اور پھر کہنے لگا،

"کیا اس سے بھی بڑھ کے کوئی افسانہ ہو سکتا ہے۔"

میں نے بڑے اشتیاق سے کہا، "خدا کے لئے سناؤ۔"

"سناؤں تو، مگر کیا میں سنا سکوں گا؟"

"میں نے ذرا چلا کے کہا، "للہ میرے اشتیاق کو مت بھڑکاؤ کہو تو۔"

"بھائی اصل یہ ہے کہ یہ سر گذشت ایسی نہیں (نعیم کی آواز یہاں رقت بھری تھی) کہ میں ٹھنڈے دل سے بیان کر سکوں مجھے معاف کرنا اگر کہیں وارفتگی کی حالت طاری ہو جائے۔ تمہیں یاد ہو گا کہ جب ہم تم کالج میں پڑھا کرتے تھے تو میں ہمیشہ ولایت جانے کی تمنا ظاہر کیا کرتا تھا۔ جب تم کالج چھوڑ کے چلے گئے، اس کے کچھ دنوں بعد، والد مرحوم مجھے ولایت بھیجنے پر راضی ہو گئے، حیدر آباد میں تو نوکر تھے ہی وہاں کوشش کر کے ریاست کی طرف سے مجھے بھجوایا۔ پانچ برس کی محنت شاقہ کے بعد بفضل خدا میں ایم ڈی ہو کر واپس آ گیا اور ریاست میں سول سرجن مقرر کیا گیا۔ اس کے ایک سال بعد ہی والد ماجد کا سایہ میرے سر سے اٹھ گیا۔ والد مرحوم کی تمنا یہ تھی کہ میری شادی ان کی زندگی ہی میں ہو جاتی، مگر ہائے ایسے باپ کسے نصیب ہوتے ہیں۔ انہوں نے کبھی مجھ پر جبر نہیں کیا، اور اس کو میری مرضی پر چھوڑ دیا۔ شادی کے بارے میں میرے خیالات اس وقت کچھ اور ہی تھے اور میں ان پر ہنستا تھا جو خواہ مخواہ شادی کر کے مصیبت میں پڑتے تھے اور اپنی آزادی سے ہاتھ دھو بیٹھے تھے۔ میں کہتا تھا کہ اس سے بڑھ کر بھی کوئی غلطی نہیں ہو سکتی کہ جان بوجھ کر انسان اپنے پاؤں میں بیڑیاں ڈال لے، کیا معلوم تھا کہ تھوڑے دنوں بعد لوگ مجھ پر ہنسیں گے۔ جو شفا خانے میری زیر نگرانی تھے ان میں سے تین چار زنانے شفا خانے بھی تھے اور یہ نہایت حیرت انگیز بات تھی کہ ان میں ایک ڈاکٹرنی مسلمان تھی لاہور میں تعلیم پائی تھی اور حیدر آباد مقرر ہو کر آئی تھی۔ چوں کہ یہ بالکل ایک نئی بات تھی اس لئے حیدر آباد میں اس مسلمان لیڈی ڈاکٹر کا شہرہ تھا۔ ہندوستانیوں کی بدگمانی! آپ جانیں یہ کسی کے حق میں کلمہ خیر تھوڑا ہی کہیں گے۔ کسی کو اس کی پاک دامنی میں شبہ تھا۔ کوئی کہتا تھا جانے کس رذیل قوم کی ہے۔ غرض کہ جتنے منہ

اتنی ہی باتیں تھیں۔ لیکن اس کا حسن سب کو خیرہ کئے ہوئے تھا۔ کیوں کہ وہ پردہ بالکل نہیں کرتی تھی۔ مجھ کو اپنے عہدے کی حیثیت سے اکثر ملنے کا اتفاق ہوتا تھا۔ مگر اس رکھ رکھاؤ کی عورت میں نے کبھی نہیں دیکھی۔ چاہے اس مزاج کی سنجیدگی کہئے، یا غرور حسن خیال کیجئے، کچھ ہو۔ نتیجہ یہ تھا کہ کسی کی مجال نہ تھی کہ آنکھ بھر کر دیکھ سکے۔ کام اتنا عمدہ کہ کل ریاست کے زنانہ شفاخانوں میں اس کا شفاخانہ اول رہتا تھا۔ میرا یہ حال تھا کہ اگر کوئی کہیں اس کی ذراسی بھی برائی کرتا تو مجھے تاب نہ رہتی تھی میں کہتا کہ یہ پہلی مثال ہے کہ ایک مسلمان عورت نے ڈاکٹری امتحان پاس کیا اور وہ پہلی مثال بھی اتنی عمدہ ہے، پھر بھی اسے برا کہا جاتا ہے۔ غرض کہ میں لوگوں سے اس کی حمایت میں لڑا کرتا تھا۔ تھوڑے دنوں بعد مجھے معلوم ہوا کہ مجھے محض اس سے محبت ہی نہیں، عشق ہے، کیوں کہ روز بروز اس کا خیال دل میں گھر کرتا جاتا تھا۔ اس خیال کو جتنا میں ہٹانا چاہا اتنے ہی زیادہ زور سے وہ دل میں متمکن ہوتا گیا۔ میں اپنے دل سے کہتا تھا کہ، "دنیا کیا کہے گی، عزیز و اقارب کیا کہیں گے" دل کہتا تھا کہ "عشق میں ان باتوں کا کیا خیال؟ کیا یہ کافی نہیں کہ وہ شریف ہے، نیک ہے، لاکھوں میں انتخاب ہے، جب خدا اور رسول نہیں روکتے تو اور روکنے والا کون ہوتا ہے۔" میں انہیں خیالات میں مستغرق رہتا تھا اور کوئی تصفیہ نہیں کر سکتا تھا کہ مجھے معلوم نہیں کس طرح اور کس بے خودی کی حالت میں ایک دن میں اس سے یہ کہہ گیا کہ، "آپ کی شادی ہوگئی ہے اور اگر نہیں تو کیا آپ کی زوجیت کی عزت مجھے حاصل ہو سکتی ہے؟"

اف! اس فقرے کا اثر اس پر کیسا ہوا ہے؟ چہرہ یکایک تمتما اٹھا، آنکھیں جو حسیات روح کی بے زبان ترجمان ہیں، پر غضب ہو گئیں اور نہایت غصہ بھری آواز سے اس نے مجھے جواب دیا،

"جناب میں نہیں جانتی آپ کیا ارشاد فرمارہے ہیں۔ آپ میرے افسر ہیں، مجھے آپ سے اس قسم کی باتوں کی امید نہ تھی۔"

بجائے اس کے میں اس جواب سے اپنے ہوش میں آتا نہ معلوم وہ کیا بات تھی کہ جس نے مجھے اور بے خود کر دیا اور بیتاب ہو کر نہایت عاجزی سے التجا کرنے لگا۔ اس دن مجھے یقین ہوا ہے کہ،

عشق اول در دل معشوق پیدا میشود

گر نہ سوزد شمع کے پروانہ شیدا میشود

جب میں اپنی جنوں آمیز گفتگو ختم کر چکا تو مجھے یقین تھا کہ شاید اس وقت عتاب کی انتہا نہ رہے گی۔ لیکن میرے نصیب کہ اس نے نہایت آہستگی سے کہا،

"خود آپ خیال کیجئے کہ میں ایک معمولی درجے کی عورت ہوں آپ اللہ رکھے، اتنے بڑے عہدے پر ہیں کہاں میں، کہاں آپ، مجھے یقین ہے کہ جب آپ اپنی کوٹھی پر جائیں گے تو آپ کہیں گے کہ لاحول ولا قوۃ مجھ سے بھی کیا بیہودگی ہوئی ہے ایک ادنیٰ درجے کی عورت سے کیا کیا باتیں کہی ہیں، اس لئے مجھے میرے حال پر رہنے دیجئے۔"

یہ جواب شاید تمہارے نزدیک مایوسی دلانے والا ہو، مگر مجھ پر تو اس نے الٹا اثر کیا۔ میں گھر گیا تو ان خیالات میں کچھ کیسی الٹا میں کسی کام کے قابل نہ رہا۔ اٹھتے بیٹھتے، یہی دھن تھی کہ وہ کسی طرح میری التجا کو قبول کرے۔ میری یہ حالت کہ ضرورت ہو یا نہ ہو، اس کے شفا خانے کا معائنہ ضرور کرتا، اور کسی نہ کسی طرح عرض حال کرتا، کچھ عرصے کے بعد میں نے دیکھا کہ رفتہ رفتہ اس کی پہلی بھڑک میں بھی کمی ہوتی گئی اور قصے کو طول کیا دوں ایک دن وہ آیا کہ میں اور وہ دولہا اور دلہن ہو گئے۔ لیکن میری اور قمر النساء (یہ اس کا نام تھا) کی شادی کوئی معمولی بات نہ تھی۔ حیدر آباد بھر میں اس کا چرچا

ہوا۔ اگرچہ ہم نے سادے طور پر شادی کی تھی مگر اپنی اپنی قسمت ہے کوئی ہزاروں روپیہ خرچ کرتا ہے اور دھوم دھڑکے سے بیاہ رچاتا ہے، تاہم شہرت اس کی عشر عشرا بھی نہیں ہوتی جو ہماری غریبی کی شادی کی ہوئی، مگر جو سنا تھا کانوں پر ہاتھ دھرتا تھا، ہم پر لعن طعن کرتا تھا۔ ہم عیش سے زندگی بسر کرتے تھے، کیا خبر تھی کہ ہم پریوں ظلم ہوگا،

ڈرتا ہوں آسمان سے بجلی نہ گر پڑے
صیاد کی نگاہ سوئے آشیاں نہیں

دشمنوں نے ہمارے افسر بالا کے کان بھرے اور ایک دن مرگ مفاجات کی طرح ہمارے پاس یہ حکم آیا دونوں حدود ریاست سے باہر ۴۸ گھنٹے میں نکل جائیں۔ ہم کر ہی کیا سکتے تھے۔ سنگ آمد و سخت آمد ہم اپنے قلیل التعداد ہمدردوں کی افسوس اور ٹڈی دل دشمنوں کی خوشیوں میں حیدرآباد سے رخصت ہوئے۔ قمر النسا نے مجھ سے آبدیدہ ہو کر کہا۔ "دیکھا! میری وجہ سے تم پر یہ مصیبت نازل ہوئی۔" لیکن مجھے بخدا، ذرا بھی جو اس کا خیال ہو کہ مجھ پر یہ مصیبت ہے میں اپنے تئیں دنیا میں سب سے بڑا خوش قسمت سمجھتا تھا کیوں کہ میری قمر النساء میرے ساتھ تھی۔ میں حیدرآباد سے سیدھا لکھنو پہنچا اور یہاں میں نے اپنا مطب جاری کر دیا۔ سچ کہا ہے کہ مصیبت تنہا نہیں آتی۔ حیدرآباد سے یوں نکلا، یہاں پہنچ کے بالکل ناامیدی ہوگئی۔ کئی مہینے گزر گئے اور آمدنی عنقا! اور ایک دم چلتی بھی کس کی ہے؟ یہ تو ایک سوداگری ہے۔ ظاہری ٹیپ ٹاپ جب تک نہ ہو کون آتا ہے؟ اور میرے پاس کیا تھا؟ جب حیدرآباد میں رہا کبھی کچھ پس انداز ہی نہ کیا، جس کا خمیازہ اب بھگتنا پڑا۔ کہتے ہوئے شرم آتی ہے مگر کہنا ہی پڑتا ہے یہ حالت ہوگئی تھی کہ ایک ماما تک رکھنے کی مقدرت نہ رہی۔ قمر النساء بیچاری سارے کام گھر کے کرتی تھی اور جب میں گھر میں آتا تو نہایت خندہ پیشانی سے کہتی کہ،

"کھانا پکانا اور گھر کا کام کرنا مجھے بہت اچھا معلوم ہوتا ہے۔" اس کا یہ کہنا گو وہ دل سے ہی ہوتا تھا، مجھ پر تیر کا کام کرتا تھا میں کہتا تھا کہ، "ہائے میں کمبخت ہی تو اس بیچاری پر ان مصیبتوں کے پڑنے کا باعث ہوا ہوں۔"

خدا کی شان اسی زمانے میں قمرالنساء امید سے ہو گئی اب تو مجھے بے حد فکر ہو گئی۔ ہر وقت یہ خیال کہ ایسے ایسے سخت کام کرتی ہے۔ کہیں جھٹکا وٹکا آ جائے تو اور مشکل آ پڑے اسی فکر میں رات دن گھلتا تھا اور کچھ نہ کر سکتا تھا۔ میرا کوئی رشتہ دار بھی نہ تھا کہ جس کے ہاں جا پڑتا اور قمرالنساء بھی کہتی تھی کہ "میں یتیم اور بالکل بے والی وارث ہوں۔" لیکن ایک دن خود ہی اس نے کہا کہ "پٹنہ میں میرے ایک دور کے رشتہ دار ہیں، شاید وہ زندہ ہوں، چلو وہیں چلیں۔" مجھ کو اس بات کا خیال کرتے بھی شرم آتی تھی کہ میں ان کے یہاں جا کے پڑوں گا، لیکن کیا کرتا، قمرالنساء کی جان بھی پیاری تھی۔ گیا، مگر بادل ناخواستہ۔ جب ہم پٹنہ پہنچے، تو قمرالنساء پتا پوچھتی ہوئی ایک نہایت معمولی درجے کے مکان میں مجھے لے گئی۔ دروازہ کھٹکھٹانے پر، ایک بزرگ صورت باہر آئے۔ قمرالنساء کو دیکھتے ہی متعجب ہوئے پھر خوشی خوشی گھر میں لے گئے۔ گھر میں ایک بڑی بی تھیں، جو ہم دونوں پر صدقے ہوئیں اور قمرالنساء سے کہنے لگیں کہ، "میری بھانجی! تمہیں تو ہم مردہ خیال کر چکے تھے۔" دو تین دن میں یہاں رہا۔ ایک دن قمرالنساء کے خالو، ہمارے میزبان نے مجھ سے کہا،

"یہاں ایک نواب صاحب ہیں، میں ان کی سرکار میں نوکر ہوں چلئے آپ کو بھی ان سے ملاؤں۔" پھر ایک نہایت عالیشان کوٹھی میں مجھے لے گئے اور گول کمرے میں بٹھا کے کہا کہ "تم یہیں بیٹھے رہنا، میں ابھی آتا ہوں، نواب صاحب بھی اس وقت تشریف لائیں گے محل میں ہیں۔"

میں اکیلا بیٹھا رہا، کوٹھی کی ایک ایک چیز کو دیکھتا تھا اور عش عش کرتا تھا، لیکن ایک بات سے حیرت تھی، ساری کوٹھی میں سناٹا تھا، میں ایسی حالت میں تھا کہ یکایک سامنے کا دروازہ کھلا اور شاہزادیوں کے لباس میں ملبوس ایک خاتون کمرے میں داخل ہوئی۔ میں جھجک کے چاہتا تھا کہ کمرے سے باہر نکل جاؤں اور اس خیال سے میں باہر کی طرف لپکا بھی کہ اس خاتون نے کہا،

"پیارے نعیم۔" پھر کر جو غور سے دیکھتا ہوں تو میری پیاری قمر النساء بادشاہزادی بنی کھڑی ہے۔ بے ساختہ میری زبان سے نکل گیا،

"میں خواب دیکھ رہا ہوں یا میری آنکھیں دھوکا دے رہی ہیں۔"

قمر النساء نے ہنس کے کہا، "نہیں تم جاگتے ہو، اور میں ہی تمہاری قمر النسا ہوں۔ اللہ اللہ مجھے تم پہچانتے بھی نہیں (پھر میری طرف بڑھ کے اور گلے میں باہیں ڈال کے) خدا کا شکر ہے کہ ہماری مصیبتیں دور ہوئیں میرے پاس بڑی ریاست ہے اور ہم اب عمر بھر یہیں رہیں گے۔"

میں نے حیرت زدہ ہو کر پوچھا "تو تم نے حیدر آباد میں نوکری کیوں کی تھی؟"

"سب بتاتی ہوں، بے صبر کیوں ہوئے جاتے ہو۔ میرے والد مرحوم، نہایت روشن خیال آدمی تھے، انہوں نے میری تعلیم نہایت اعلیٰ درجے کی کی تھی اور کہتے تھے کہ اولاد کو تعلیم دینا بس یہی والدین کا فرض ہے۔ سوائے میرے ان کے کوئی اولاد نہ تھی، اور خدا کی مرضی یہ ہوئی کہ میرے بارھویں سال میں، اللہ بخشے ابا کا سایہ میرے سر سے اٹھ گیا۔ ساری جائداد کی میں ہی مالک ہوئی۔ میں نے اپنے سرپرست سے کہا کہ میں ڈاکٹری پڑھوں گی۔ چنانچہ میں ہور بھیجی گئی، وہاں سے آئی تو بڑے بڑے گھرانوں سے میرے لئے پیغام آئے، مگر میں نے دل میں ٹھان لی تھی کہ جب تک کوئی مجھے صرف میرے لئے

بیاہے گا، میں کسی سے شادی نہ کروں گی۔ اس لئے غریب بنی اور حیدر آباد گئی اور صدقے اس کی کریمی کے کہ اللہ نے تم جیسا پیارا خاوند مجھے دیا، جس نے مجھے میری دولت کے لئے نہیں بیاہا، بلکہ صرف میرے لئے ساری دنیا مجھے برکہتی تھی، میری طرف سے بدگمان تھی، پھر بھی (میرا بوسہ لے کر) تم نے مجھ سے شادی کی اور میں نے تمہارے ساتھ ساری مصیبتیں جھیلیں، صرف یہ دیکھنے کے لئے کہ آیا تمہیں مجھ سے اصلی محبت ہے یا اکتا جاؤ گے۔ اپنی کوٹھی پر میں برابر حالت لکھتی رہتی تھی، اس وجہ سے خالو کو سب حال معلوم تھا۔"

اس کے بعد ہم ہنسی خوشی رہنے لگے۔

یہ کہہ کے نعیم رکا اور پھر بھرائی ہوئی آواز سے کہنے لگا۔ "مشیت ایزدی میں کس کو دخل ہے۔ آٹھ سال بعد، اللہ نے قمر النساء بھی مجھ سے چھین لی۔ اب وہ جنت میں ہے اور میں یہاں زندگی کے دن پورے کر رہا ہوں۔ ایک اس کی یادگار ہے اور وہی میری زندگی کا سہارا ہے۔ یعنی میری پیاری بیٹی نجم النساء جو ہمارے پٹنے آنے کے پانچ مہینے بعد دنیا میں آئی تھی۔ اللہ اسے جیتا رکھے۔ میری طبابت بھی یہاں خوب چمکی اور اب میری ذاتی جائداد بہت کچھ ہے۔ اس لئے میرا ارادہ ہے کہ قمر النساء کی جائداد کسی کارِ خیر کے لئے وقت کر دوں۔

عزم یہ ہے کہ کل جائداد عورتوں کی تعلیم کے واسطے وقف کر دوں۔ جب محمڈن یونیورسٹی بنے تو ایک کالج خاص طور پر مسلمان خاتونوں کے لئے تیار کیا جائے۔ ایک لاکھ کی جائداد ہے۔ میرے خیال میں کالج کے ابتدائی اخراجات کے لئے کافی ہو گی۔ تمہاری کیا رائے ہے۔" میں نے تو کہا، "ضرور واللہ ضرور۔ خدا تمہارے ارادے میں برکت دے۔ کل قوم احسان مند ہو گی، مگر شب بخیر، نیت شب حرام۔ چلئے رات بہت آئی ہے۔

لو ایک بج گیا اب چل کے سونا چاہیے۔"

یہ کہہ کے ہم کوٹھی میں داخل ہوئے۔ اب کوٹھی کی ایک ایک چیز مجھے عجیب معلوم ہوتی اور میرے دل پر عجیب اثر ڈالتی تھی۔

ہے یوں کہ،

کسی کا ہو رہے آتش کسی کو کر رکھے

دو روزہ عمر کو انسان نہ رائگاں کاٹے

***

۹

نکاح ثانی

گھڑی، گھر رر، گھر رر کر کے بجی، دونوں نے ایک ساتھ نظریں اٹھائیں۔ نوجوان عورت انگیٹھی کے سامنے بیٹھی ایک خط پڑھ رہی تھی چھوٹی لڑکی، گڑیا کو بائیں ہاتھ میں لیے اور دائیں ہاتھ کی انگلی اردو کی پہلی کتاب کی ایک سطر پر رکھے، گڑیا کو وہ سبق جو خود اس نے آج پڑھا تھا۔ پڑھا رہی تھی، "کتا بھونکتا ہے۔۔۔بلی میاؤں میاؤں کرتی ہے۔۔۔ اونٹ بلبلاتا ہے۔۔۔" دونوں کی آنکھیں ایک دم اٹھیں اور گھڑی پر پڑیں۔ نوجواب عورت نے اپنے دل میں کہا، "لو، نو بج گئے۔" لڑکی نے گھڑی پر سے ماں کے چہرے پر نظر ڈالی اور بات کے لیے بہانہ ڈھونڈھ کے کہنے لگی، "اماں جان، گھڑی نو دفعہ بجی نا؟"

ماں نے منہ سے کچھ نہ کہہ کے، مگر ذرا سر ہلا کے، گویا "ہاں" کہا، بچی نے تھوڑے تردد کے بعد پھر پوچھا، "ابا جان کا انتظار کب تک کریں گے؟" مان نے اس کا جواب بھی کچھ نہ دیا۔

ہاں انتظار کریں گے، یوں ہی انتظار کریں گے۔ عورت نے کاغذ کو پھر اٹھایا۔ آہ! اگر اب بھی آئے اور نگاہ محبت سے اسے دیکھے تو وہ، اس گمنام بے دستخط کے کاغذ کو پھاڑ ڈالے گی، ٹکڑے ٹکڑے کر ڈالے گی اور بالکل ضائع کر دینے کے لیے انگیٹھی میں ڈال کے راکھ کر دے گی، اس پر یقین نہ کرے گی، اپنے شوہر کی بے وفائی کی اطلاع دینے والے

کاغذ پر ذرا سا بھی یقین نہ کرے گی۔

"یا اللہ! کیا یہ ممکن ہے؟ تو یوں کہیے، یہ جو ہر دوسرے تیسرے رات رات بھر غائب ہو جایا کرتے ہیں، یہ سب بے وفائی کا نتیجہ ہے یہ سب کسی بیسوا کو دل دینے کا باعث ہے۔ یہ جو کہا جایا کرتا تھا کہ آج کچہری کے فلاں دوست کے ہاں دعوت ہے شاید رات کو نہ آسکوں، آج کمپنی باغ میں بینڈ سنتا رہا، اس لیے دیر ہو گئی۔ آج فلاں جگہ جلسہ تھا، اس لیے جلد نہ آسکا، یہ سب عذر جنھیں وہ یقین تو کیا کرتی تھی، مگر دھڑکتے ہوئے دل سے کہیں جھوٹ نہ ہوں، یہ سب عذر جھوٹ ہی تھے اور صرف یہ کاغذ یہ ناپاک عبارت جو اس کی آنکھوں کے سامنے اس کی ہنسی اڑاتی معلوم ہوتی ہے، صحیح ہے۔"

یہ کاغذ! وہ تو اس کا نام، اس کا کوٹھا اور تمام تفصیلات تک بتاتا ہے۔ کہتا ہے، "اگر چاہو تحقیق کرلو" یعنی بالکل صحیح ہے؟ انکار کی مجال نہیں، اس کے جھوٹ ہونے کا احتمال نہیں؟ یہ خیال اسے گویا شکنجہ میں دبا دبا کر پیسے ڈالتا ہے۔

اور اس وقت، ایک منٹ میں گزشتہ واقعات۔ ماضی کے شیریں پردے کو ہٹا کے ایک دم اس کے سامنے آکھڑے ہوئے۔ وہ باتیں، وہ عذر جو اس نے اپنے شوہر کی زبان سے سنے تھے اور مان لیے تھے، وہ گراں واقعات جنھیں اس نے تحمل کیا تھا اور بھول گئی تھی، وہ لڑائیاں جو نہ معلوم کیوں اس میں ہوئی تھیں، باوجودیکہ خود اس نے کبھی اپنے شوہر سے لڑنے کا ارادہ نہیں کیا تھا، وہ تحقیریں اور چھوٹی چھوٹی اہانتیں جو اس کی کی جاتی تھیں اور جنھیں وہ معاف کر چکی تھی اور بھول چکی تھی، یہ سب پردہ ماضی سے نکل کر قطار در قطار سامنے آکھڑی ہوئیں، اور اپنے اصلی رنگ میں اس رنگ میں جن میں انھیں بھولنا، معاف کر دینا، برداشت کرنا ممکن نہ تھا اپنے تئیں ظاہر کرنے لگیں۔

اور اس وقت وہ ان کے عذاب سے تنگ آکر اور اس کے جگر میں اختلاج پیدا ہو رہا

تھا، اس سے مغلوب ہو کر اپنے ہاتھوں کو مل رہی ہے، جسم تھرا رہا ہے۔ اپنی انگلیوں کو اس طرح اینٹھ رہی ہے گویا توڑ ڈالے گی، ہاتھوں کو اس طرح بڑھاتی ہے، گویا اپنے کندھوں سے اکھاڑ دینا چاہتی ہے۔

چلانے کے لیے، رونے کے لیے اس کو بہت بڑی ضرورت محسوس ہوتی تھی، لیکن اس کاغذ پر یقین کرنا نہیں چاہتی تھی، یقین نہ کرنے کی کوشش کرتی تھی۔ اب اس نے اپنی نگاہیں اس کاغذ پر سے اٹھا کر، دیوار پر ڈالیں، جہاں کچھ اونچے پر سایہ میں شوہر کی تصویر لگی ہوئی تھی، گویا اس چہرے میں اس اہانت، اس بے وفائی کے جھوٹ ہونے کی علامتیں دیکھنا چاہتی تھی۔ اور اس وقت چند منٹ میں اپنی بیاہی زندگی کو پھر دوبارہ بسر کر گئی۔ اس کی بیاہی زندگی کے مرقعے اس طرح گزر گئے جس طرح کسی منبع سے مختلف رنگ کی روشنیاں کسی چیز پر یکے بعد دیگرے پڑیں۔ ان مرقعوں میں وہ چہرہ جو اس کے مقابل تصویر میں ہنس رہا تھا ہمیشہ ہوتا تھا۔

وہ پہلی رات، وہ اس رات تو اسے چاہتا تھا، وہ رات جب کہ وہ تمام حسیات قلبی کے ساتھ اس سے کانپ کر باتیں کر رہا تھا اور وہ مارے شرم کے پریشان و لرزاں تھی اور اس کے چہرے کو نہ دیکھتی تھی۔ اس رات بلا شبہ وہ اسے چاہتا تھا، ہاں صرف اسے چاہتا تھا۔

یہ بیچاری لڑکی، اس رات، اسے کنکھیوں سے دیکھ دیکھ کے اس کی باتیں سن سن کے تہ دل سے یقین کر رہی تھی کہ یہ منور و مسعود رات شب عشق ہو کر، لیل وصال بن کر ہمیشہ قائم رہے گی، تا ابد ختم نہ ہو گی۔

اس کے بعد مرقع کا ایک اور صفحہ پیش نظر ہوا، ایک دن صبح کا وقت تھا وہ سوتے سوتے یکا یک جاگی۔ کیا دیکھتی ہے کہ وہ خواب سے بیدار ہے، اس کے قریب بیٹھا ہے اور

ایک الفت پاش مفتونیت سے آنکھیں اس کے چہرے پر گاڑے ہوئے ہے۔ وہ سونے میں اس طرح دیکھے جانے سے لجائی۔ اور اپنی گھبراہٹ اور شرم کو چھپا نہ سکی کہ اتنے میں اس نے اس کے منہ کو جو حیرت سے کھل گیا تھا، ایک لمبے بوسے سے بند کر دیا۔ آہ یہ بوسے! لیکن اس وقت تو زندگی بوسوں ہی میں گزرتی تھی۔ اس زمانے میں تو وہ یہ خیال کرتی تھی کہ زندگی، ایک دائمی بوسہ عشق ہے۔ یہاں تک کہ ایک دن ان بوسوں کے درمیان اس نے زہر کا ایک گھونٹ چکھا، کوئی سبب نہ تھا، کوئی وجہ بظاہر معلوم نہیں ہوتی تھی، کہ ایک دن اسے ان عشق کے بوسوں میں چھپی ہوئی ایک کھٹک محسوس ہوئی، جس نے اس کے قلب، اس کی روح تک جاکر ایک ضرب لگائی۔

بس اس وقت، اس سیکنڈ سے اسے ایک مبہم، غیر معنی ڈر نے ستانا شروع کر دیا، لیکن اگر یہ غیر معنی خوف، غیر معنی ہی رہتا تو وہ ایک پر لطف خواب کی بے معنی گھبراہٹ پر حمل کر کے اپنے دل کو دھوکا دے دے کر خوش رہتی، مگر یہ بھی نہ ہوا۔

ایک دن، اتوار کا دن تھا، وہ گھر سے نکلتے وقت اس کی طرف نہ دیکھ کے یہ کہتا ہوا کہ "شاید میں آج دیر سے آؤں" جانا چاہتا تھا اس وقت بھی اس کی نظروں میں وہ وقت اور موقع پھر رہا ہے، جب اس نے پوچھا "کیوں؟" اور اس کی آنکھوں سے آنکھیں ملانا چاہیں تو اس نے جھوٹ بولنے والوں کی مخصوص پریشانی کے ساتھ اپنی چھتری کو لپیٹنے کی کوشش کرتے ہوئے جواب دیا۔ "آج اتوار کا دن ہے شاید دوستوں کے ساتھ سیر وغیرہ میں دیر ہو جائے۔" پہلا جھوٹ! اس پہلے جھوٹ پر یقین نہ کرنے کے لیے اس نے تمام رات کوشش کی تھی، تمام رات اپنی طبیعت کو یہ یقین دلانے کی کوشش کرتی رہی تھی کہ یہ عذر جھوٹ نہ تھا اور اس کوشش میں اس کی واپسی کے وقت تک آنکھ بھی نہیں جھپکائی تھی۔ آخر وہ واپس آیا، اس واپسی کے وقت وہ اس کی زبان سے ایک کلمہ تسلی، ایک

حروف اعتذار سننے کی امید رکھتی تھی۔

"تم اب تک سوئی نہیں؟"

"نہیں، تمھارا انتظار کر رہی تھی۔"

اس جواب پر اگر وہ ایک حرف ہی کہتا، ایک حرف محبت۔ تو اپنے اضطرابات کو وہ فوراً بھول جاتی، مگر اس نے کچھ بھی نہ کہا، رات کے کپڑے جلد جلد پہن کے، پلنگ پر لیٹتے وقت اس نے اس کا بوسہ لیا تو مگر اس بوسہ میں ایک اجتناب، ایک رکاوٹ ملی ہوئی تھی۔ پلنگ پر اس طرح گر پڑا گویا تھکن کے مارے اس کا تمام جسم ٹوٹ گیا اور یہ کہہ کے "آؤ سو رہیں" فوراً آنکھیں بند کرلیں اور سونے لگا۔ اس رات، رضائی میں منہ چھپا کے کہ کہیں وہ نہ سن لے، وہ رات بھر چپکے چپکے رویا کی رویا کی۔

اس کے بعد وہ بات بات پر اس کا دل بھر آیا کرتا تھا اور اس کا خاوند بھی اسے روتا دیکھتا تھا اور اس کے رونے پر اپنی وحشت اور گھبراہٹ ظاہر کرتا تھا۔ اتنے اخلاق کا بھی استعمال نہ کرتا تھا کہ اس وحشت کو چھپانے کی کوشش کرتا۔ کبھی بلی کی طرح جو اپنے جسم کو آکر اپنے مالک سے سہلاتی ہے، لیکن ذرا سی تکلیف پر پنجہ مارنے کے لیے تیار رہتی ہے، وہ اس سے کہتا۔ "دیکھو روؤ مت، میری جان پہلے کی طرح مجھے چاہتی ہونا؟ آنکھیں پونچھ ڈالو، ذرا آنکھوں سے آنکھیں تو ملاؤ، جان ذرا ہنس تو دو" پھر ذرا سی دیر میں بلی کی طرح نرم پنجوں میں سے تیز ناخون نکالتا، یعنی کہتا۔ "بس بس رونا بہت ہو گیا، اس بسورنے کو بند کرو، گھر کیا ہے امام باڑہ ہے، تم مجھے بالکل گھر سے نکال دو گی۔" یہ باتیں کب سنتی تھی، جب کوار پن، بالپن کو پیچھے چھوڑے ہوئے صرف چھ ہی مہینے ہوئے تھے، چھ مہینے میں اس بیچاری عورت جوان عورت کو رونے کے لیے کس قدر کافی وقت مل گیا تھا، نہ صرف یہ بلکہ شوہر کو اس سے سیر ہونے اور ان کلمات کے کہنے کا بھی وقت مل گیا تھا۔

ہائے وہ امیدیں! وہ کس طرح منقطع ہو گئیں۔ رہا سہا رشتہ قلب اس کے اس آخری فقرے نے "تم بالکل گھر سے نکال دو گی۔" توڑ دیا، تو گویا وہ پہلے ہی اپنے تئیں گھر سے نکلا ہوا سمجھتا ہے، کہ یہ رونا" بالکل" گھر سے نکال دیگا۔ اس کے بعد اس نے اس کے سامنے طبیعت کو روکنا شروع کیا، کبھی کبھی آنکھوں میں آنسو ڈبڈبا آتے لیکن وہ نہایت کوشش کر کے پلکوں کو دبا کے ان آنسوؤں کو نکلنے نہ دیتی، ایک دن وہ اس کے سامنے بھی طبیعت کو نہ روک سکی، وہ، وہ دن تھا کہ اس نے اسے خبر دی تھی کہ وہ اس سب سے اعلیٰ ہدیہ کو جو عورت اپنے خاوند کو پیش کر سکتی ہے، اٹھائے ہوئے ہے اور کچھ دنوں میں پیش کرے گی۔ اس خبر کو دیتے وقت وہ سمجھتی تھی کہ مارے خوشی کے اچھل پڑے گا، اس کے گلے سے لپٹ جائیگا مگر وہ پتھر کی مورت کی طرح وہیں کا وہیں رہ گیا، متحیر آنکھوں سے یوں دیکھنے لگا، گویا سمجھا نہیں، پھر کہنے لگا۔ " مگر بہت جلد" باپ بننے کی خوشی بختی کی خبر پر پہلا کلمہ جو اس کی زبان سے نکلا وہ یہ تھا۔ حالانکہ قلباً اس کا خاوند برا آدمی نہ تھا، اس کا دل گواہی دیتا تھا کہ وہ برا آدمی نہیں ہے، سخت دل نہیں ہے، پھر اس قسم کے فقرے کیوں کہے جاتے ہیں؟ کیوں اسے رلایا جاتا ہے، کیا ان کے درمیان کوئی راز ہے، کوئی غلط فہمی ہے؟

"بہت جلد!" اس طعن پر وہ اپنی طبیعت کو نہ روک سکی اور رو پڑی، اس خیال سے معذب ہو کر رو پڑی کہ لو اب تک میں اپنے تئیں اس سے نہ چھوا سکی۔ لیکن اس رات وہ اس رونے پر غصہ نہ ہوا، بلکہ اپنے فقرے کے اثر کو گھٹانے کی کوشش کرتا رہا۔

"میں تو مذاق کرتا تھا، تم اسے سچ ہی سمجھ گئیں، کہیں مذاق سے بھی انسان اس قدر متاثر ہوا کرتا ہے، واہ واہ! علاوہ ازیں میں نے جو کہا، تمھارا ہی خیال کر کے کہا، ذرا سوچو تو، اگر لڑکی پیدا ہوئی تو دس پندرہ برس کے بعد تم اور وہ دو بہنیں معلوم ہونگی؟ اور یہ کہہ

کہہ کے اور اس کی انگلیوں میں انگلیاں ڈال کے اور بالوں کو چوم چوم کے وہ گویا اس سے معافی مانگتا تھا، اس نے اسے معاف کر دیا، وہ ہمیشہ ہی معاف کر دیا کرتی تھی۔ ہمیشہ ان شکر رنجیوں کو جو اس غیر معنی شے، اس راز اس غلط فہمی سے پیدا ہوا کرتی تھیں، وہ معاف کر دیا کرتی تھی۔

لڑکی پیدا ہوئی اور اس واقعہ نے ایک بڑی تبدیلی کر دی اس نے اپنے خاوند کو زچگی کے پلنگ کے سرہانے روتا ہوا دیکھا یہ اپنی پچھلی حرکات پر ندامت کا رونا تھا۔ یہ پہلی دفعہ تھی کہ اس نے خاوند کو روتے ہوئے دیکھا، یہ آنسو گویا اس بیچاری کے سال بھر کے اضطراب کو دھو رہے تھے، مٹا رہے تھے۔

اس کے بعد اس کے خیال میں اچھی گزری یا شاید یہ ہو کہ سال بھر تک جن باتوں کی وہ عادی نہ ہوئی تھی، اب ان کی عادت پڑ گئی تھی اور اس لیے اب دوستوں کی دعوتیں، سیر میں بہت دیر ہو جانا، اس کی توجہ کو اپنی طرف مائل نہ کرتے تھے، یہاں تک کہ دعوتوں اور تاخیر سیر میں آہستہ آہستہ تواتر پیدا ہونے لگا، پھر بھی اس کے دل میں کچھ شبہ پیدا نہ ہوا۔

اف! آخر کار وہ عظیم واقعہ! جس کا خیال اس کی آنکھوں کے سامنے، اس کے غضب ناک چہرے اور آتش فشاں اور جگر سوز نظروں کی تصویر لا کے کھڑا کر دیتا ہے اور یہ غضب اور یہ آتش فشانی کس لیے ہوئی تھی؟ محض ایک چھوٹی سی بات پر، مگر لڑائی کے لیے ایک بہانہ تھا، اور اس وقت وہ پاگلوں کی طرح ہذیان بکنے لگا تھا۔

جوان عورت، اس واقعہ کو یاد کرتے وقت خیال میں بھی پورا نہیں کرتی، اس کا غرور نسوانی، اس واقعہ کا خیال آتے ہی اسے پر قہر کر دیتا ہے اور اس لیے کہ وہ مارے غصے کے کانپنے نہ لگے وہ اس واقعہ کو یاد کو یوں ہی ادھوڑا چھوڑ دیتی ہے۔

یہ وہ واقعہ تھا کہ اس پر اس نے بھی کھلم کھلا اپنے خاوند سے اعلان جنگ کر دیا تھا اور اس کی ناسزا باتوں کا ناسزا باتوں سے جواب دیا تھا۔ یہ لڑائی برسوں رہی۔

اس زمانے میں ایسے ایسے دن بھی آتے تھے کہ کئی کئی دن تک گھر نہ آتا تھا، ایسی راتیں بھی آئی تھیں کہ وہ دونوں ایک بستر میں آرام کرتے تھے۔ مگر دو دشمنوں کی صفت سے لیٹے ہوتے تھے۔ دونوں منہ پھلائے ہوئے۔ دونوں ایک دوسرے سے منہ پھیرے ہوئے، دونوں میں بات چیت بند۔ غرض کہ اس زمانے میں دونوں دشمن تھے، لیکن پھر بھی نوجوان عورت اسے اچھی طرح جانتی تھی کہ جس زمانے میں وہ اس کی سخت دشمن تھی اسی زمانے میں اس کی محبت دل میں بیٹھی ہوئی تھی اور اس سے بھی واقف تھی کہ گو وہ اس زمانے میں اس کی تحقیر کرتا تھا اسے ستاتا تھا تاہم وہ اسے چاہتا تھا، اس کی اسیر محبت تھا۔۔۔

جب کیفیت یہ تھی تو یہ زبون زندگی کیوں، کیوں دونوں کس طرح خوش خوش زندگی بسر نہ کرسکتے تھے؟ کیوں ان میں یہ کشش، یہ لڑائی رہتی تھی؟ وہ اس سے نفرت کرنے کی کوشش کرتی اس کوشش کا نتیجہ یہ ہوتا تھا کہ بالعکس وہ اپنے تئیں اس کی طرف مائل پاتی تھی۔ اگر وہ یہ مان لیتی کہ یہ آدمی برا ہے تو غالباً وہ اس سے نفرت کرسکتی، اگر وہ حقیقتاً برے دل کا آدمی تھا تو ہر لڑائی ہر شکر رنجی کے بعد ندامت کے ساتھ آنا اور اپنے ہاتھوں میں اس کا منہ لے کے چومنا اور بغل کو گدگدا کے ہنسانے کی کوشش کرنا اور ہر طریقے سے صلح کرنے کی ترکیبیں کرنا کیا معنی رکھتا تھا۔

اس بڑی لڑائی کے بعد جو اتنی مدت تک رہی، لڑکی کے چیچک نکلنے پر بھی یہ ہی ہوا تھا نا؟ بچی کے بخار اترنے اور دانے جھڑنے پر جو گھر میں ایک بڑے اندیشہ سے نجات پانے پر خوشی پھیلی ہوئی تھی، اس خوشی نے شوہر کو آخر کار اپنی بیوی کے آغوش میں گر

کر معافی مانگنے پر مجبور نہ کیا تھا؟

اگر وہ اچھا آدمی نہ ہوتا تو بھلا یہ ہو سکتا تھا؟ اس کی یگانہ تسلی اس کے شوہر کی یہ صفت تھی، چھ برس سے برے دنوں کو، لڑائی کے دنوں کو، بھلا دینے والی صرف یہ صفت تھی۔ وہ کبھی یہ گمان نہ کرتی تھی کہ ان واقعات کے ساتھ ان واقعات کے باوجود بھی بے وفائی ہو سکتی ہے۔

ہاں اس نے کبھی اسے سوچا بھی نہ تھا، یا یہ کہنا چاہیے کہ سوچنا چاہا بھی نہ تھا، اسے بے وفائی سے پاک، معرا دیکھنے کی آرزو اس قدر شدید تھی کہ بے وفائی کے شبہ دلانے والی چیزوں کو بھی خاص کوشش کر کے ذہن سے نکال دیا کرتی تھی۔

اب نوجوان عورت غور سے دیکھنے کے لیے آنکھوں کو کھول کے دیوار پر سایہ میں لٹکی ہوئی تصویر کو دیکھتی ہے اور ایک ناامیدی کے لہجے میں کہتی ہے، آہ! یہ امید بھی جھوٹی امید نکلی۔

اس کی پریشان آنکھیں تصویر کو دیکھ دیکھ کر اس پر مواخذہ سوال کو "تو تو بے وفا ہے؟" کہہ رہی تھیں، کاغذ گھٹنوں پر سے فرش پر گر پڑا تھا۔

بچی نے اس سے مطمئن ہو کر کہ گڑیا نے خوب اچھی طرح سبق یاد کر لیا، اپنے ننھے بازو پر سر رکھ کے، گویا بڑے فرض سے فارغ ہو کر آرام سے سونا شروع کر دیا، گھڑی پھر ایک بڑی گھر گھراہٹ کے ساتھ بجی۔ دس بجے۔

اب بھی نہیں آئیگا؟ مگر اب، ہاں اس دفعہ، وہ نہ آنے کا سبب جانتی تھی۔ راتوں کو جو بیٹھ کے گھڑیوں انتظار کیا کرتی تھی اور دوستوں کی صحبت میں دیر ہو جانے کا خیال کر کے اپنے دل کو دھوکا دیا کرتی تھی، آج کی رات اپنے دل کو اس دھوکا دینے، اس طرح تسلی دینے کا موقع نہیں۔ اس جھوٹی تسلی کو بھی، ایک کاغذ کے ٹکڑے نے آکر اس سے

چھین لیا۔

سڑک پر سے اک گاڑی کے گزرنے نے گھر کی کھڑکیوں کو ہلا دیا۔ بیچاری عورت نے بڑی امید سے جھلملی میں سے سڑک پر نظر ڈالی، شاید اس گاڑی میں وہ ہو مگر کوچوان نے گھوڑوں کو قمچی ماری اور گاڑی تیزی کے ساتھ گزری چلی گئی۔

اس وقت عورت نا امیدی اور عصبی غصے سے کانپنے لگی۔ کاغذ کو زمین سے اٹھا کر جیب میں رکھ لیا اور سوتی بچی کی کلائی پکڑ کر کہنا شروع کیا۔ "نہیں آئیں گے، تمھارے ابا جان اب بھی نہیں آئیں گے۔" لڑکی نے آنکھ کھول کر حیرت سے ماں کا منہ تکنا شروع کیا، دیکھا کہ چہرہ اس قدر پریشان ہے، آنکھیں اس قدر جل رہی ہیں کہ وہ ڈر گئی۔ ادھر کلائی کے دبنے سے، اور اس کے چھڑانے کی کوشش کرنے سے اس کے ہونٹ بگڑ گئے۔ آخر اپنی ماں کی حالت اور کلائی کے دبنے کی تکلیف سے وحشت زدہ ہو کر، اس نے رونا شروع کر دیا۔ اس وقت، نوجوان عورت بھی ان آنسوؤں کو جنھیں وہ گھنٹوں سے روکے ہوئے تھی نہ روک سکی اور بچی کو گود میں لے کر ا اور اپنے سینے سے بھینچ کر اس سے بھی سیل اشک جاری کر دیا، اور اس طرح ماں اور بیٹی مل مل کر، ماں سب جانے ہوئے، بیٹی نہ جانے ہوئے، اپنے شوہر اور باپ کی غیبوبیت پر رو رہی تھیں۔

یہ پہلی رات نہ تھی کہ وہ اکیلی تھی۔ لیکن اور راتوں کو ایک فراغت نفس کے ساتھ اس تنہائی کو کاٹ دیتی تھی کیوں کہ اپنے دل کو اس خیال سے تسلی دیا کرتی تھی کہ باوجود چڑچڑے مزاج ہونے کے وہ میرا مفتون، میرا دلبند ہے اور اب بھی آئے گا تو میرا مفتون، میرا عاشق ہو کر واپس آئیگا، لیکن آج وہ تسلی کہاں۔ آج اس تسلی کو اس کاغذ کے ٹکڑے نے کس بے رحمی کے ساتھ پاؤں تلے روند دیا۔ لڑکی کی ہچکی بندھ گئی، تو اسے ہوش آیا اور اس نے اپنی طبیعت کو یکسو کر کے، لڑکی کو تھپکا تھپکا کے سلانا چاہا، لڑکی سو گئی اور اس کے

دماغ میں اس کاغذ کے واقعات نے پھر آکر جمع ہونا شروع کر دیا۔ اب ایک عزم متین کے ساتھ وہ ایک کام کرنا چاہتی تھی، اس خوفناک حقیقت کے کھلنے کے بعد فوق البشر کوشش سے وہ ایک علاج ڈھونڈھنا چاہتی تھی جو اس قسم کی زندگی سے جسے بسر کرنا ممکن نہ تھا، اسے رہائی دے اور پھر اس کی پہلی پر لطف، پر محبت زندگی واپس دے دے اور یہ کام اس ضعف نسوانی کے ذریعے سے کرنا چاہتی تھی جو اب تک ہمیشہ زبون اب تک ہمیشہ مغلوب ہی رہا تھا۔

اس بات کا اسے پورا یقین تھا کہ اس کے دل میں اک مایہ بخابت ہے۔ وہ اسے بھی جانتی تھی کہ کل ماضی مع اس خوف ناک حقیقت کے ایک دھبہ ہے جو دھل سکتا ہے، محو ہوسکتا ہے اور بیچاری دھوکے کے کھائی ہوئی عورت چاہتی تھی کہ اس خوفناک واقعہ کو بھی عفو کر دے، جیسا وہ اور واقعوں کو عفو کر چکی تھی، لیکن اسے بھول جانے کے لیے یہ ضرور تھا کہ شوہر تماماً اس کا صرف اس کا ہو جائے۔

اس لڑکی کو تھپکاتے وقت کہہ رہی تھی۔ "آہ! وہ عورت، تو یوں کہنا چاہیے کہ میرا خاوند مجھ سے زیادہ اس سے متعلق ہے" اس کا حوصلہ اسے قبول نہ کرتا تھا، وہ گزشتہ چھ برس کی زندگی، جو باوجود اپنی تمام مصیبتوں کے آج کی رات کے مقابلہ میں گویا پر راحت زندگی تھی۔ اس کل زندگی میں وہ عورت شریک تھی۔ اس زندگی کا ایک حصہ، شاید بہتر حصہ، یقیناً بہتر حصہ، ایک بیسوا کے نصیب ہوا۔

وہ پیار جو اس کے لیے ہونا چاہیے تھا، مگر نہیں ہوا، وہ بوسے جو اسے ملنے چاہیے تھے مگر نہیں ملے، وہ اس دوسری کو دیے گئے۔ ہاں ہاں وہ جو ایک دن ان بوسوں میں، ان بوسوں کے درمیان، اس نے ایک زہر کا گھونٹ چکھا تھا وہ اس بیسوا کے ناپاک منہ کا بچا ہوا ایک قطرہ تھا۔ یہ خیال کرتے وقت اسے ایسا معلوم ہوتا تھا گویا خود بھی ناپاک ہو گئی

اور خود اپنے سے اسے نفرت ہونے لگی۔ اس آدمی نے اس شوہر نے کیا کیا نہ کیا؟ اس کے بستر سے نکل کے اس کے بستر میں آنا، ان ہونٹوں سے جو اس کے منہ چومنے سے تر اور ناپاک تھے اس کا ایک بوسہ لے کر، گویا ایک بوسہ صدقہ کرکے، اس کا منہ ناپاک کرنا، اس کی رائحہ حیات سے مست اور مدہوش ہو کر اس کے پاس آنا اور اس کے بالوں میں سر ڈال کے مشام خیال سے اسی کو سونگھنا اور اس کے بازو پر سر رکھ کے سوتے وقت، خواب میں اس کے ساتھ ایک ناتمام رہے ہوئے جلسہ عاشقانہ کو دیکھنا۔ آہ! اس آدمی نے اس صاف و پاک نوجوان عورت کو ایک بیسوا کا شریک بستر کرکے ملوث کر دیا تھا۔

یا اللہ! کیوں وہ ایسا کرتا تھا؟ اگر حقیقت میں اسے چاہتا تھا تو پھر یہ بے توجہی، یہ اغفال کیوں؟ یہ ایک خطائے موقت ایک قضائے غفلت بھی نہ تھی، اسے اس طرح برسوں سے دھوکا دے رہا ہے، برسوں سے یہ بے وفائی، یہ خیانت کر رہا ہے، اور یہ بچی؟ س بیسوا کے عشق پر صرف وہی نہیں، بلکہ یہ چھوٹا ننھا، فرشتہ بھی قربان کیا جا رہا ہے۔

یہ بچی بھی روز اپنے ابا کے آنے کا انتظار کرتی ہے اور نہ آنے کا سبب نہیں جانتی، وہ پیار جو اس معصوم کا حصہ تھا وہ اسے نہیں ملتا، ایک معصوم کا حق بھی غضب ہو رہا ہے۔ اس غضب پر کیوں اس نے کمر باندھ رکھی ہے۔

نہیں نہیں یہ حالت نہ رہنا چاہیے، نہ رہنے دی جائیگی، نہ رہے گی، ایک علاج ایک تدبیر جو ان تمام باتوں کو مٹا دے، ان تمام باتوں کو ایک بری خواب کی یاد کی طرح چھوڑ جائے، آہ! کوئی تدبیر سوجھے، کوئی ایسی تدبیر کہ کارگر ہو۔

اس کے بعد پھر اس کے بدن سے، یاس اور عجز کی وجہ سے طوفان اختلاج اٹھا اور سیل اشک بہانے لگا۔ اب اسے اتنی ہمت بھی نہ تھی کہ اپنی لڑکی پر نظر ڈالے، رومال میں منہ چھپا کے آہستہ آہستہ رونے لگی۔

دوسرے دن صبح اٹھی اور تدبیر کو سوچے ہوئے اٹھی اور اس تدبیر کو عمل میں لانے کا پورا ارادہ کیے ہوئے اٹھی۔ گو آج تک کسی باعصمت عورت نے یہ نہیں کیا مگر وہ کرے گی، اس خارق العادت کام کو کرے گی یعنی جا کر اس بیسوا کی منت کریگی اور اس کا خاوند اسے واپس دے دینے کی التجا کرے گی۔ اس کاغذ میں پتہ مفصل تحریر تھا، "چوک کی بڑی سڑک میں داہنے طرف حلوائی کی دوکان کی بازو سے جو گلی پھٹتی ہے، اس میں چوتھا مکان پیتل کے پتروں والے کواڑ کا دروازہ۔۔۔" اس بڑی مصیبت میں اس کے ساتھ ہمدردی کرنے والی ماما تحقیق کر آئی تھی۔

وہ آج صبح ابھی پوری بیدار بھی نہ ہوئی تھی۔ آنکھوں میں رات بھر دیر تک جاگنے سے مخموری چھائی ہوئی تھی، وہ خلقت جو اس زمرہ کی متوسلین میں سے ہے، اپنے اپنے گھر چلی گئی تھی۔ یا زیادہ صحیح یہ کہ ابھی گھر سے واپس نہیں آئی تھی، اس کی گرگ باراں دیدہ ماں بھی کسی کام سے باہر تھی، صرف ایک خدمت گارنی گھر میں موجود تھی۔

خدمت گارنی نے اوپر جا کر سونے کے کمرے کا کواڑ آدھا کھول کر کہا۔ "ایک بی بی برقع اوڑھے آئی ہیں اور آپ سے ملنے کے لیے اصرار کر رہی ہیں۔" اس خبر پر اسے بہت حیرت ہوئی اس نے آہستہ سے (کہ کہیں وہ جو پہلو میں سو رہا تھا جاگ نہ اٹھے) کہا۔ "برقع والی بی بی! مجھ سے ملنا چاہتی ہے؟"

اسے یقین نہ آتا تھا، برقع والیاں بھی اس سے ملنے آنے لگیں! اب تک کوئی برقع والی اس کے ہاں آئی نہ تھی۔ پریشان بالوں کو جلد جلد سنوارتے ہوئے، آنکھوں کو ملتے ہوئے رومال سے منہ پونچھتے ہوئے۔ کیونکہ منہ دھونے کا وقت نہ تھا۔ ملگجے دوپٹے کو پھینک کر ایک نیا تہ کیا ہوا دوپٹہ اوڑھتے وقت اس نے پھر خدمت گارنی پر ایک شبہ کی نظر (ایک نظر جس سے ظاہر ہوتا تھا کہ وہ اب تک یقین نہیں کرتی کہ حقیقتاً کوئی گھر والی

بی بی اس کے پاس آئی ہے) ڈالی۔ کمرے میں سے پنجوں کے بل چل کر وہ بیٹھک کے کمرے میں، جس نے برقع والی بی بی اب تک نہ دیکھی تھی، آئی۔ دیکھا حقیقتاً ایک برقع والی بیٹھی تھی۔ بیٹھی تھی، غلط قلم سے نکل گیا، اس گھر میں بیٹھ کر وہ اپنے کوناپاک نہ کرنا چاہتی تھی، گو محبت اسے اس گھر کی گلا گھونٹنے والی ہوا میں سانس لینے پر مجبور کر رہی تھی، تاہم پاؤں کے سوا اور کوئی عضو یہاں کی چیزوں کو نہ چھوئے گا۔

اس نے اس کی پذیرائی کے لیے بالوں کو ذرا سنوارنے دوپٹے کو الہڑ پنے سے نہیں بلکہ باقاعدہ اوڑھنے کی ضرورت محسوس کی۔ اس کے بعد آہستہ آہستہ کمرے میں داخل ہوئی۔ نوجوان عورت نے جو ایک ہیکل مہیب عدالت بنی کھڑی تھی اس وقت برقع اٹھایا اور آسمان سے اترنے والی ایک نگاہ عصمت سے اس بیسوا کو جس نے اس کی زندگی کی خوشی کو برباد کر دیا تھا دیکھا۔

یہ باوقار عورت جس کی ہر سانس ہر نظر ہر حرکت باعصمت بی بی اور ماں ہونے کی قدسی اور علوی صفت ظاہر ہو رہی تھی اس بیسوا کے مقابلہ میں کھڑی ہو کر اس کی زندگی کی مذلت کو اور بڑھا رہی تھی۔ وہ اس سے متاثر ہو کر پوچھنے لگی۔

"آپ مجھے چاہتی تھیں، بیگم صاحب؟"

اس نے آنکھوں سے شرارے برسا کے بلا تردد جواب دیا۔

"ہاں تمھارے، نہیں توبہ، برسوں سے مجھ سے چھینے ہوئے خاوند کے لیے آئی ہوں۔" اس آواز میں ایک عزم آہنیں کی قوت، ایک حکم عدالت کی مہابت موجود تھی۔ ادھر والی فوراً سمجھ گئی اور اپنے دل میں کہنے لگی۔ "اوہو، یہ ان کی بیوی ہے، لیکن حسین ہے، ہرگز بری نہیں" اب یہ دونوں عورتیں۔ جو ہر چیز سے پہلے عورتیں تھیں۔ تیز نگاہوں سے ایک دوسرے کا معائنہ کر رہی تھیں۔

ادھر والی نے ایک نگاہ میں دیکھ لیا کہ اس عورت میں جو اپنا خاوند مانگنے آئی ہے ایک حسن تھا جو اس صنف میں نہیں نظر آتا جس سے کہ وہ خود منسوب تھی، ایک علوی حسن تھا جو صرف عصمت دار عورتوں کے ساتھ مخصوص ہے۔

ایسی آواز سے جس سے ایک ادائے استہزا ظاہر ہوتی تھی اس نے جواب دیا۔ "اپنے شوہر کو مجھ سے چاہتی ہو مگر بی جان! آپ غلطی پر ہیں، میں نے کسی کے شوہر کو ضبط نہیں کرلیا۔"

وہ اس جواب کی پہلے ہی متوقع تھی، اس کے سنتے ہی اس نے تار باندھ دیا۔ "آخر اس کی کیا ضرورت ہے؟ جھوٹ بولنے کی کوئی حاجت نہیں۔ میں تم سے یہاں لڑائی لڑنے نہیں آئی ہوں یقین مانو تم سے بیر رکھنے کا بھی میں اپنے میں کوئی حق نہیں دیکھتی۔ میں جو آئی ہوں تو اس لیے کہ اب بھی شاید تمھارے دل میں وہ چیز باقی ہو جو ہم سب کا حصہ ہے۔ میں تمھیں تریاہٹ کا نہیں، تریا پریم کا واسطہ دیتی ہوں۔ سمجھتی ہو میں کیا کہنا چاہتی ہوں؟ میں تم سے اپنا خاوند چھیننے نہیں آئی کیونکہ اپنے میں اس کی نہ قابلیت، نہ طاقت پاتی ہوں میں اسے مانگنے آئی ہوں۔ تمھاری ہتھیلی میں اس وقت ایک بہت بڑی چیز ہے۔ ایک گھر کا چین، ایک خاندان کا آرام، تمھاری ہتھیلی میں ہے۔ اسے چاہے مسل دو، چاہے چھوڑ دو۔ ان آنکھوں کو جو برسوں کے رونے سے تر ہو رہی ہیں تم سکھا سکتی ہو۔ اس سے تمھارا علاقہ کیا ہے۔ کس طرح شروع ہوا، اب کس رنگ میں ہے۔ میں اس کا کھوج نہیں لگانا چاہتی۔ یہ جانتی ہوں کہ وہ اس وقت مجھ سے زیادہ تمھارا ہے۔ مجھ سے بھاگ کے تمھارے پاس آتا ہے۔ حالانکہ وہ میرا شوہر ہے اسے صرف میرا ہو کے رہنا چاہیے۔ میرے سوا اس پر کسی کا حق نہیں، میرے سوا وہ کسی کی ملکیت نہیں، کسی کی امانت نہیں۔ تم عورت کے دل کی باتیں شاید سمجھ سکتی ہو گی؟ سمجھتی ہو نا؟ ہائے کہیں سمجھو۔ تم نے میرا

شوہر لے کر مجھ سے کیا کیا لے لیا۔ گھر بھر کا امن، گھر بھر کا چین لے لیا۔ وہ کل رات اور بہت سی راتوں کی طرح یہاں تھا، اس نے ساری رات شاید کیا یقیناً تمھارے ہاں گزاری، شاید تم جو مجھ سے ملنے اس کمرے میں آئیں تو اس کے پہلو سے اٹھ کے آئیں۔ لیکن جانتی ہو کہ اس کی بیوی نے یہ رات کیوں کر کاٹی یہی رات نہیں، اسی طرح کی اور سیکڑوں راتیں کس طرح کاٹیں، جہنم میں انگاروں پر لوٹ لوٹ کر کاٹیں، میری پانچ برس کی۔ ہاں سنتی ہو، میرے پاس پانچ برس کی ایک ننھی بھولی جان بھی ہے۔ وہ بھی رو رو کے بابا کا انتظار کر کے سوئی ہے۔ البتہ تمھیں خبر نہیں کہ گھر میں یہ کیفیت کیسی مصیبت کی کیفیت ہے اگر تم جانتی ہوتیں تو تم ضرور اس سے کہتیں،

"جاؤ میرے پاس سے جاؤ تمھارے گھر میں جو عورت تمھارا انتظار کر رہی ہے، جو بچی تمھارا انتظار کر رہی ہے اس کے پاس جاؤ، میں ان کے بلکنے کا سبب نہیں ہونا چاہتی۔۔۔" جواب نہ دو، تمھاری آنکھوں کا نیچا ہونا ہی کافی جواب ہے۔ تم جس زندگی کاٹنے پر مجبور ہو، شاید اس زندگی نے بھی تمھاری طبیعت کو بالکل مسخ نہ کر دیا ہو گا کیونکہ تم عورت ہو اور عورت سے عورت پن کب جا سکتا ہے۔ ہر عورت کی طبیعت بیوی بننے، ماں بننے کے لیے پیدا ہوئی ہے۔ مجھے یہاں تک لانے والی تمھاری خوشامد کرانے والی چیز یعنی بچے کی محبت، شاید تم میں بھی ہو۔"

یہ کہتے ہوئے اس پر رقت طاری ہونے لگی اور وہ یہ بھول گئی کہ وہ ایک فاحشہ کے مقابلہ میں ہے اور طبیعت پر قابو میں ذرا سی کمی آنے لگی آواز میں باوجود بے انتہا ضبط کے کچھ بھر بھراہٹ پیدا ہو گئی، فقرے دل میں چشمے کی طرح ابل رہے تھے، وہ کم کہنا چاہتی تھی مگر زیادہ کہہ رہی تھی۔ ادھر والی اس پر جوش پر خروش دلی تقریر کے سامنے چپ کھڑی تھی اور نہیں جانتی تھی کہ کیا جواب دے، کبھی کبھی "لیکن میں" "مگر وہ" سے کچھ

فقرہ شروع کرنا چاہتی مگر اس بدبخت بیوی کے مقابلہ میں جو اس کے سامنے اپنے تمام عذاب زندگی کے ساتھ فریاد قلب کر رہی تھی کچھ نہ کہہ سکتی تھی۔

ایک دم، یہ مغلوبیت اس کے نفس پر گراں گزری۔ اس عورت کے سامنے اپنے تیئں مقابلہ سے عاجز دیکھ کر اس عصمت کے حضور میں اپنی ذلت فحش کو بداہتاً محسوس کرکے اس کے دل میں ایک طغیان غرور اٹھا اور اس قلب میں جس میں ذرا کی ذرا کو عورت پن کی حسیات مرحمت اور رقت پیدا ہوئی تھیں، یکایک تمام حیات فاحشہ جاگ اٹھی اور اس نے اس حس سے مغلوب ہو کر، اس عورت کو جو اس آدمی کی اس قدر فریفتہ معلوم ہوتی تھی۔ حقارت آمیز جواب دینے کا ارادہ کر لیا اور کہا۔

سبحان اللہ آپ کی بھی نرالی باتیں ہیں۔ مجھ سے آکر اپنا خاند مانگتی ہو، اگر ایسی ہی ضرورت ہے تو اسے پکڑ کے رکھنے، اپنا کر کے رکھنے کی تدبیر کیوں نہیں سوچتیں۔"

نوجوان عورت نے دیکھا کہ سامنے والی اب وہ عورت نہیں جس میں حسن نسوانی پیدا ہو رہا تھا بلکہ اب وہ ایک عورت ہے جو ایک فاحشہ کی صفت سے متصف ہو کر لڑائی لڑنا چاہتی ہے۔ اس نے ذرا اونچی آواز سے جواب دیا۔

"مجھ سے پہلے تم نے اسے اپنا کر لیا، اپنے ساتھ باندھ لیا تھا؟ پھر کیوں پوری محافظت نہ کی۔ کیوں اسے اجازت دی کہ وہ جا کر ایک جواب لڑکی کی زندگی تباہ کر دے۔ تمھیں اسے پکڑ کے رکھنا چاہیے تھا۔ نہ اسے پکڑ کے رکھتی ہو، نہ چھوڑ دیتی ہو۔ میں اپنے میں اتنی قوت نہیں پاتی، وہ چلتّر نہیں جانتی کہ اسے تمھارے پنجوں سے چھڑالوں۔"

ادھر والی، اب کونے میں ایک مونڈھا کھینچ کر اس پر بیٹھ گئی اور پاؤں پر پاؤں رکھ کے انہیں ہلانا شروع کیا اور ایک مستہزی اور بے اماں نظر سے نوجوان عورت کو دیکھنے لگی۔ ایک دو منٹ تک خاموشی طاری رہی، دونوں سوچ رہی تھیں کہ ان باتوں کا انجام کیا

ہو گا کہ اتنے میں مونڈھے والی نے پوچھا۔

تو اب میں کیا کروں؟ ہر شام بیگم صاحب کے گھر، ان کے شوہر کو ہاتھ پکڑ کے پہنچا آیا کروں؟"

اس نے اس طعنہ، اس تحقیر پر بھی صبر کیا، ایک مرتبہ پھر اس کی نیکی طبیعت (اگر اس میں نیکی طبیعت رہ جانے کا احتمال باقی ہو) سے اپیل کرنے کا ارادہ کیا۔

"کیوں یوں مجھ پر فقرے کستی ہو میں نے شروع ہی میں کہدیا تھا کہ تم سے لڑنے نہیں آئی ہوں۔ میں جو تم سے مانگتی ہوں، جو تم سے امید رکھتی ہوں وہ ایک سادی سی بات ہے تم اس آدمی کو چاہتی نہیں۔ یا کیسے کہوں، وہ بھی تمھارے لیے اور بہت سے آدمیوں کی طرح ایک آدمی ہے۔ وہ بھی ان میں سے ایک ہے جس سے تمھارے گھر کا خرچ نکلتا ہے اور بس۔"

اس پر یکایک وہ غصہ میں آگئی اور کہنے لگی۔ "میرے گھر میں آکر مجھ کو ایسی باتیں سناتی ہو، میری ہتک کرتی ہو، ایں"

فاحشہ تو غصہ کے لیے ایک بہانہ ڈھونڈھ رہی تھی، "باتیں سناتی ہو، میری ہتک کرتی ہو" پر ہی اس نے بس نہیں کیا بلکہ اور بھی بہت کچھ کہہ ڈالا، نوجوان عورت اب تک اپنی متانت قائم رکھے تھی لیکن اب وہ ہاتھ سے چھوٹی جاتی تھی اور وہ بھی دلی غصہ سے کانپ رہی تھی اور اس کا دل چاہتا تھا (مگر دل کو روکتی تھی) کہ اس بے حیا عورت پر جو اپنی عادت دیرینہ کے موافق، بغیر سوچے سمجھے اپنے سینے سے دوپٹہ ہٹاتے ہوئے۔ اول فول بک رہی تھی، حملہ کر کے مونڈھے پر سے گرادے لیکن طبیعت پر جبر کیے ہوئے خاموش کھڑی سن رہی تھی۔ اتنے میں دیکھا کہ خود وہ اٹھی اور اس سے ہاتھا پائی کرنی چاہتی ہے، اس کو دیکھ کر اس کا عزم صبر بالکل جاتا رہا، اور اس نے اونچی آواز سے کہا۔

"ہاں ہاں میں تمھیں تمھارے گھر میں ایسی باتیں سناتی ہوں، تمھاری ہتک کرتی ہوں، جانتی ہو تم پر عصمت والی بیبیوں، محبت والی ماؤں کی لعنتیں، بد دعائیں پڑتی ہیں۔ تم جو گھروں کے چین بیبیوں کے آرام کی دشمن ہو تم جو ہمارے خاوندوں کو ہم سے چرالیتی ہو۔۔۔" یہ کہتی ہوئی کانپ رہی ہے اور اپنی خلل زندگی کا انتقام اس فاحشہ کی تحقیر کرنے، اسے سخت سخت باتیں سنانے سے لینا چاہتی ہے۔ اب ادھر والی بھی مارے غصہ کے پاگل سی ہوگئی۔ دوپٹہ بدن سے اتار کر پھینک دیا، اور اس پر حملہ کرنے کے لیے ایک قدم آگے ڈالا، مگر صرف ایک قدم۔ دوسرا قدم ڈالنا چاہتی ہی تھی کہ پیچھے سے فولادی ہاتھوں نے اس کے کندھوں کو پکڑ لیا، اس وقت ان دونوں عورتوں نے اسے دیکھا۔

وہ تھوڑی دیر سے وہاں کواڑ کے پیچھے کھڑا سن رہا تھا۔ اس بیس منٹ کے زمانہ نے اس پر تزکیہ نفس و تصفیہ حیات کے لیے برسوں کی ریاضت کا کام دیا اور اس نے اپنی نوجوان بیوی کو، اس بیوی کو جس کے آنسوؤں کے نشان اب تک اس کے رخساروں پر تھے، جس کا صرف غمگین چہرہ کھلا ہوا تھا، باقی لمبا متناسب الاعضاء لطیف اور شرمیلا جسم برقع میں چھپا ہوا تھا، دیکھا۔ پھر فوراً نظر اس دوسری پر پڑی جو بالوں کو بکھیرے، باسی منہ اور مخمور مگر پھٹی آنکھیں لیے ملگی کرتی جو اوپر کو چڑھ گئی تھی پہنے اس جسم کو ظاہر کر رہی تھی جس کی رگ رگ سے حسیات ملوث افشاء ہو رہے تھے اور جس کی تمام ہیئت کذائی سے گویا بوئے فحش کے بھبکے نکل رہے تھے۔ ان دونوں کو مقابل دیکھ کر ان دونوں کا فرق اس کی آنکھوں میں چبھ گیا۔ ایک پاک و لطیف دوسری کثیف و ملوث، ہم جسماً ہم اخلاقاً ملوث۔

پھر اپنی بیوی کی آواز کی رقت میں وہ ایک ادائے استرحام پاتا تھا جو دل کو مسلے ڈالتی تھی، اس دوسری کی آواز میں بے انصافی استہزا، گستاخی، جرات چھپی ہوئی تھی جس

کو سن کے وجدان نفرت کرتا تھا اور اسے ایسا جوش آیا کہ اسے تھپڑ مار کے گرادے اور اس کے قدموں پر گر پڑے۔ اللہ کی پناہ! اس عورت، اس مقدس اور محترم فرشتہ سعادت کو کس پر قربان کر رہا تھا، کس کے لیے ستارہا تھا؟ ایک فرسودہ ملوث مخلوق کے لیے جو سیکڑوں آغوش میں جاکر، متاع عشق اور جنس حسن بیچتی تھی۔"

ایک منٹ میں وہ آنسوؤں کے دریا جو اس کی وجہ سے بہے اس کی نظروں کے سامنے سے گزر گئے۔ وہ تمام بے انصافیاں جو اس نے اپنی بیاہتا کے ساتھ کی تھیں۔ اس کی ضمیر پر برچھی کی طرح آکر لگیں۔ اب قلباً اپنے تیئں اس سے کس قدر مربوط اور اس سے کس قدر دور پار ہاہے۔ جب یہ بات ہے، تو اب تک کونسی چیز مانع ہے، بس انشاء اللہ ایک پھلانگ میں اپنے تیئں اس قعر مذلت سے نکال کر اپنی زندگی اپنی بیوی بچوں کے لیے وقف کردے گا اور اس کے پاؤں پر سر رکھ دیگا۔

یہ سوچ ہی رہا تھا کہ دیکھا کہ فاحشہ اس کی بیوی پر ہاتھ چھوڑنا چاہتی تھی۔ یہ دیکھتی ہی دنیا، اس کی آنکھوں میں تاریک ہوگئی۔ وہ بجلی کی تیزی کے ساتھ کواڑ کھول کے کمرے میں در آیا اور اپنے آہنیں پنجوں سے اس کے کندھوں کو پکڑ جھنجھوڑ دیا۔

اور پھر ایک ذرا سا جھٹکا دے کے اسے اور اس کے ساتھ اس کی محبت کو اپنے سے دور پھینک دیا اور پھر اپنی بیوی کے پاس جاکر اس کے ہاتھ اپنے ہاتھوں میں لے لیے اور ایک نگاہ استرحام کے ساتھ جس میں آج کے دن تک کے تمام قصوروں کے لیے طلب عفو آکر جمع ہوگئی تھی، اس نے بھرائی ہوئی آواز سے کہا۔

"میری خطاؤں کو معاف کردو، میں صرف تمھیں چاہتا ہوں، میں صرف تمھارا ہوں اور تمھارا ہو کے رہوں گا۔"

اور پھر اس کے چہرے کو جس پر دو آنسوؤں کے قطرے دو قطرہ سعادت ڈھلک

رہے تھے، اپنی طرف کھینچ کے، اپنے ہونٹ اس کے ہونٹوں پر رکھ دیئے۔

اور جب کہ وہ فاحشہ اپنے غصہ اور حسد کو ایک کھسیانی ہنسی سے چھپانے کی کوشش کر رہی تھی، اس بیاہے جوڑے نے جن کے درمیان اب تک ایک سرد مہری کی دیوار حائل تھی جسے وہ ہٹا نہ سکتے تھے۔ پاک، صاف، محبت بھرا بوسہ لے کر گویا دوسری مرتبہ نکاح کیا اور وہ پیمان وفا باندھا جو اب عمر بھر تک نہ ٹوٹے گا۔ یہ بوسہ اس پیمان وفا کی مہر تھا۔

***